Mio Mandel

PROTOKOLLSTRECKE

Impressum

2. Auflage © Mio Mandel 2014 | www.mio-mandel.de
Holzschnitt: Claudia Schön nach einer Idee von Mia Wintel
Gestaltung: BILDART

ISBM 978-3-7323-1116-3 (Paperback)
ISBN 978-3-7323-1117-0 (Hardcover)
ISBN 978-3-7323-1118-7 (e-Book)

Bibliographische Information der Deutschen Nationalbibliothek: Die Deutsche Nationalbibliothek verzeichnet diese Pu-
blikation in der Deutschen Nationalbibliographie, detaillierte
bibliographische Daten sind im Internet über http:/dnb.d-nb.
de abrufbar.

Die Geschichten sind mir so oder so ähnlich einfach passiert. Ich habe sie nicht als Journalistin aufgeschrieben, sondern als Autorin – und mir alle damit verbundenen künstlerischen Freiheiten genommen.

INHALT

Protokollstrecke

1977 LEBTEN WIR im Zentrum von Berlin, an der Kreuzung, die drei Stadtbezirke voneinander trennte: Mitte, Prenzlauer Berg, Friedrichshain. Es war die größte Kreuzung der Stadt. Eine mit eigenen Spuren für Linksabbieger, Straßenbahngleisen, Bushaltestellen und Ampeln.

Der weiße Neubaublock, in dem wir wohnten, gehörte zu Mitte, deshalb fühlten wir Kinder uns als etwas Besseres. Wir lebten schließlich direkt am Alex. Die aus dem Prenzlauer Berg waren stolz auf ihren Wasserturm, die Gasometer und den kleinen Friedhof hinter der Schule. Und die Hainis, also die aus Friedrichshain, die prahlten mit dem Bunkerberg und der Knochenrodelbahn im Winter. Was war das schon im Vergleich zum Fernsehturm? Wir hatten die Westtouristen auf dem Alex und die Grenzübergangsstelle nach Westberlin, die anderen die Arbeiter vom Gaswerk in der Greifswalder Straße.

Nur eins hatten wir alle gemeinsam: Viktor 70, ein Polizist, der ein Auge auf uns warf, weil er diese Kreuzung bewachte. Wir lebten schließlich an der Protokollstrecke. Wenn Erich Honecker morgens aus Wandlitz zum Staatsratsgebäude fuhr, standen alle Ampeln auf Rot. Der wichtigste Mann des Staates sollte keine Zeit verlieren. Fuhr er kurz nach sieben zur Arbeit, verspäteten sich ganze Schulklassen. Typisch für die Protokollstrecke war, dass unser Rosenbeet zwischen dem Haus und Gehweg immer gepflegt vor sich hin blühte. Kein Butterbrotpapier wehte über die Bürgersteige. Die Müllkörbe waren leer. Die Telefonzellen poliert. Vor allem aber wachte an unserer Kreuzung von morgens bis abends bei jedem Wetter Viktor 70, unser Polizist mit Funkgerät und Pistole. Sommer wie Winter. Er schien nie zu schwitzen oder zu frieren. Er gehörte zum Viertel wie die Litfasssäulen. Immer stand er vor einem hüfthohen grauen Metallkasten, den nur er aufschließen konnte, um darin die Ampelanlage zu bedienen. Wenn die kleine Klappe offen stand, sahen wir im Kasten die leuchtenden grünen und roten Lampen. Unter den Lampen waren Kippschalter. Mit diesen Schaltern regelte Viktor 70 unser Leben. Er konnte die Grünphase in Mitte beenden und den Autos aus dem Prenzlauer Berg die Vorfahrt geben.

Wir rannten oft zum Bäcker, um durch die Scheiben Brötchen kauend zu beobachten, ob Viktor 70 den Straßenbahnfahrer warten ließ oder vorausschauend grün gab.Einmal selbst drücken dürfen ... Manchmal tat Viktor 70 so, als würde er uns nicht bemerken. Er würdigte uns keines Blickes. Wir schlichen dann aus unserem Bäcker-Versteck und wagten uns in seine Nähe. Der Kreuzungspolizist hieß bei uns Viktor 70, weil sein Funkgerät so nach ihm rief. Wenn Viktor 70 angefunkt wurde und wir zufällig hinter ihm entlang schlenderten, dann konnten wir erlauschen, wo der wichtigste Mann der DDR sich gerade befand:

»Weiß...ee« oder »Prenz...auer ... Viktor 70 hören?«

Viktor 70 hörte und betätigte die roten Knöpfe. Die grünen Lämpchen verloren ihr Licht. Es dauerte genau sechzig Sekunden bis zum völligen Kreuzungsstillstand. Wenig später sauste ein Polizeifahrzeug heran, gefolgt von zwei schwarzen Limousinen, dahinter ein Streifenwagen. Der Protokollstreckenpolizist drückte jetzt die grünen Knöpfe. Aber nicht alle auf einmal. Er durfte bestimmen, welcher Stadtbezirk als erstes wieder losfahren würde. Wir Kinder schlossen Wetten ab, aber es kam meistens anders. Ob er uns gehört hat?

Viktor 70 lächelte nie. Er sprach auch nicht mit uns. Viktor 70 stand gerade vor seinem Kasten und ignorierte uns Kinder wie die Wachsoldaten am Mahnmal unter den Linden. Unter diesem Nicht-Blick wuchs ich auf. Viktor 70 gehörte zu meinem Leben wie mein großer Bruder und Thomas aus dem fünften Stock.

Thomas kannte ich aus dem Kindergarten. Wir hatten gemeinsam den Salzgehalt von Popel bestimmt, im Sand gewühlt und waren zusammen eingeschult worden. Jetzt vertrieben wir uns die Wartezeit an der roten Ampel mit Vorhersagen, ob Honecker diesmal in der ersten oder zweiten Limousine sitzen würde. Und wenn er vorbeisauste, dann versuchten wir, ihn im ersten oder zweiten Wagen zu entdecken.

Manchmal winkte Honecker uns tatsächlich zu, obwohl kein Feiertag war. Aber das kam selten vor.

Thomas sorgte dafür, dass mein erster ernst gemeinter Schreibversuch veröffentlich wurde. Ich hatte nach der Schule die Schreibmaschine meiner Mutter in mein Zimmer geschleppt und plante, etwas Wichtiges zu schreiben. Aber worüber? Ich wollte berühmt werden, wie die Wissenschaftler, deren Texte meine Mutter korrigierte. Ich tippte einfach drauf los:

»Achtung! Achtung! Wir haben Sie beobachtet. Zahlen Sie 20 Marg oder wir gehen zur Polizei. Umschlack bei den Rohsen!«

Es war der Anfang für meinen ersten Roman. Thomas klingelte und wir gingen in mein Zimmer. Er las und fand die Forderung stark. Mehr davon! Ich wollte weiter schreiben, aber er meinte, dass das reicht. Ich müsse nur die Zeilen noch ein paar Mal abschreiben.

Ich tippte den Text noch dreißig Mal. Thomas zerschnitt die Blätter. Dann tranken wir rote Brause. In unserem Häuserblock lebten Mitarbeiter der Botschaft, ein Schauspieler, der im Polizeiruf 110 mitspielte, und viele Akademiker. Aber auch ganz normale Leute wie unsere Eltern. Wir rannten die Treppen hinunter ins Erdgeschoss und setzten uns auf die Heizung vor den Briefkästen, bis die Luft rein war. Unsere Post bekamen nur die besonderen Mieter. Danach gingen wir zum Bäcker und beobachteten das Rosenbeet und Viktor 70.

Jetzt passten wir auch auf, was sich sehr erwachsen anfühlte.

»Der Schauspieler hat bestimmt wat ausjefressen. Der zahlt!«, versicherten wir uns gegenseitig.

Honecker fuhr nach Hause. Viktor 70 hatte Feierabend. Ansonsten passierte nichts. Wir ließen das Rosenbeet nicht aus den Augen, kauften ein halbes frisches Brot und pulten Stücke aus dem Laib. Wir warteten, aßen, kauften noch ein Brot, hatten irgendwann Bauchschmerzen. Ins Rosenbeet lief niemand. Die Straßenlaternen warfen bereits Licht auf die Kreuzung. Zeit nach Hause zu gehen.

Meine Eltern mussten unerwartet zu einer Hausversammlung. Noch an diesem Abend. Danach standen beide vor meinem Bett und meine Mutter fragte:

»Hast du das ...? Auf meiner Maschine?«

Meinen Eltern war wichtig, dass nicht gelogen wurde. Ich gab alles zu. Mein Vater ging wieder zur Hausversammlung, meine Mutter korrigierte die Rechtschreibung.

Ich bekam Fernsehverbot für Sonnabend. Fernsehverbot, das war hart, denn am Sonnabend kam immer ein Kinderfilm bei Professor Flimmrich.

Im Hof waren wir danach ein bisschen die Stars. Wir wurden am Klettergerüst vorgelassen. Jeder wollte wissen, ob es Kloppe gegeben hatte und wurde enttäuscht.

»Kloppe? Nee!«

In der Schule drehte sich alles um unsere Zukunft. Wir waren in der vierten Klasse und unsere Lehrerin fragte jeden von uns nach seinem Berufswunsch. Niemand mochte wie Viktor 70 zweimal am Tag, den Verkehr aufhalten, weil Erich Honecker vorbeifahren würde. Ich wollte Lehrerin werden, einen Bienchenstempel und eine eigene Klasse haben, die dann den ganzen Tag machen würde, was ich wollte. Thomas meldete sich als Kosmonaut. Er mochte Star Wars. Die Serie lief im Westfernsehen. Er konnte schlecht Sternenkrieger als Berufswunsch angegeben.

Meine Eltern legten Wert darauf, dass ich in der Schule über alles reden kann. Darum gab es bei uns kein Westfernsehen. Auch nicht abends, wenn ich im Bett lag. Ich hätte ja etwas hören können und dann lügen müssen. Ich wuchs ausschließlich mit dem Fernsehen der DDR auf, wusste dennoch bestens Bescheid. Ich konnte die Star-Wars-Melodien pfeifen. Ich hörte ja alles aus der Nachbarwohnung. Und Thomas erzählte mir die Details der Folgen. Thomas wollte sich auf seinen Beruf vorbereiten. Sternenkrieger.

Wir besorgten Munition und Waffen. Sein Fenster im fünften Stock war der perfekte Hinterhalt. Hier stopften wir Tempolinsen in unsere Strohhalme und verteidigten pustend den Weltfrieden in unserem Neubaublock gegen die Imperialen, also die Touristen vom Alex und alle, die noch so im Hof herumliefen. Wir spielten: Krieg der Sterne, zielten mit dem Strohhalm, schossen und trafen mit kleinen Linsen die Feinde, zu denen auch Abgeordnete der Volkskammer und Ausländer gehörten, die hier studierten. Wie im richtigen Film gingen wir in Deckung, wenn die Opfer ihren Blick in unsere Richtung warfen, empört nach dem Schützen suchten. Aber sie sahen nur das eine offene Fenster. Die Tempolinsen lösten sich nicht in Luft auf. Sie blieben unter Thomas' Fensterreihe liegen und häuften sich dort.

Unsere Eltern mussten am Abend wieder zu einer Hausversammlung. Vorher fragten sie mich, ob ich eine Ahnung hätte? Hatte ich nicht. Wenig später standen sie mit dem Volkskammerabgeordneten aus dem siebten Stock und einem Chilenen in meinem Zimmer. Ich entschuldigte mich, akzeptierte das Fernsehverbot und nach der Schule den Stubenarrest. Am schlimmsten aber war die Aussage meines Bruders: »Ihr seid ja blöder als die Hilfsindianer vom Prenzlauer Berg.« Als Kosmonaut möchte man nicht mit einem Indianern verglichen werden.

Erst am Sonntag durfte ich wieder mit Thomas spielen. Weil frische Luft gesund ist. Vielleicht wollten meine Eltern einfach nur in Ruhe Mittagsschlaf machen. Wer weiß. Das Leben hatte uns wieder vereint, und wir liefen wie ein altes Ehepaar um unseren Häuserblock, werteten die erzieherischen Maßnahmen unserer Eltern aus und verfolgten rauchende Touristen aus dem Westen. Wir hatten beobachtet, dass sie ihre Zigaretten nie zu Ende rauchten und die Kippen einfach wegwarfen. An diesem Tag bargen wir wertvollen Resttabak. Aber nur, weil Viktor 70 uns nicht sehen konnte. Er hatte frei. Am Wochenende kam kein Honecker.

Was tun? Star Wars spielen, ohne schießen zu dürfen ... Hilfsindianer. Blöder als die vom Prenzlauer Berg. Thomas hatte gehört, dass die Hainis schon lange an einer Rakete bauten. Raketen – das war es! Wir pulten den Resttabak aus den gefundenen West-Zigaretten, rollten ihn in Zeitungspapier und rauchten Backe. Unsere Zigaretten waren bestimmt besser als die Duett meiner Eltern.

Den ganzen Nachmittag zogen wir durch die Flure der Häuserblocks. Wir besuchten sogar das Hochhaus mit der Bücherei und wagten dort zum ersten Mal einen Blick hinter die Stahltür, die den Keller vom Treppenhaus trennte. Dort fanden wir die optimale Verpackung für unsere Rakete, ein Rohr aus dicker Pappe. Wir mussten jetzt nur noch zwei Flügel ankleben, Brennbares hineinstopfen und dann ... Wir durchsuchten unsere Wohnungen. Ich holte die Kneifzange meines Vaters und plünderte die Streichholzvorräte meiner Mutter. Unser Neubaublock hatte Zentralheizung, aber gekocht wurde bei uns mit Stadtgas. Meine Mutter hortete die Zündholzschachteln hinterm Vorhang im Flur. Dort gab es ein Holzregal mit dem Telefon und den Lebensmittelvorräten: Tempolinsen, Kurz-Koch-Reis und ein Karton mit Streichholzschachteln. Zehn Packungen weniger, das fiel gar nicht auf. Ich nahm zwölf.

Zurück im Hausflur köpften wir die Zündhälse und füllten unser Rohr. Obendrauf kamen Sägespäne vom Hamster, Zeitungspapier, Waschpulver, leere Patronen aus dem Füllfederhalter. Weil es spät geworden war, beschlossen wir, unsere Rakete an diesem Abend nicht mehr starten zu lassen.

Tags drauf, in der Schule, erzählten wir allen von unserem Vorhaben. Die Hainis prahlten mit ihrer Rakete. Sogar Kohleanzünder hatten sie eingebaut. Wir dagegen verrieten unsere Mixtour nicht, und die vom Prenzlauer Berg machten lange Gesichter.

Wir gaben ihnen nach der Schule zwei Stunden. Gegen vier würden wir uns alle im Friedrichshain auf dem Bunkerberg treffen. Dann würde die ganze Welt sehen, wer der bessere Raketenbauer war: wir aus Mitte oder die anderen.

Thomas und ich rannten zur Drogerie am Alex und hatten Glück. Sie hatten Kohleanzünder, und neben der Kasse entdeckte ich Wunderkerzen. Wir fragten nach dem Preis, zählten unser Geld und kauften eine Wunderkerze für zehn Pfennige und eine Tüte Anzünder für dreißig. Dann eilten wir wieder nach Hause, öffneten unter der Kellertreppe unser Geschoss, stopften den Kohleanzünder hinein und klebten alles sorgsam zu. Für die Wunderkerze bohrte Thomas mit dem Zirkel ein Loch in das Papierrohr. Vier Zentimeter über dem Raktenboden. Wir schoben die Wunderkerze zur Hälfte durch das Loch. Unsere Zündvorrichtung war perfekt.

Halb vier. Zeit loszulaufen. Thomas versteckte unsere Rakete unter seiner Windjacke. Es galt, möglichst unauffällig an den aufmerksamen Mitbewohnern unseres Hauses vorbeizukommen, vor allem aber durfte Viktor 70 sie nicht sehen.

Alle Ampeln waren rot. Protokollzeit. Erich Honecker schien in Zeitlupe nach Hause zu fahren.

»Viktor 70! Bitte kommen!«

Ich sah auf die Uhr und dann zu Viktor 70. Ich versuchte, einen bittenden Blick, damit er uns nach Honecker als erstes über die Kreuzung lies. Er sah mich diesmal an wie die Aufsicht in der Bibliothek und dann sah er zu Thomas, der die Beule unter seiner Jacke mit dem Arm zu verdecken suchte.

Plötzlich fuhr ein Streifenwagen vorbei. Viktor 70 schlug die Hacken zusammen und hatte jetzt nur noch Augen für die Limousinen. Honecker saß im ersten Wagen. Wir winkten diesmal verlegen der ersten und auch der zweiten Limousine zu. Das war nun wirklich unauffällig.

Wir bekamen zuerst grün, rannten die Straße entlang, an der Kaufhalle vorbei, bis zum Friedrichshain.

Die anderen warteten schon.

Wir rauchten erstmal Backe und suchten nach einem Gebüsch, das groß genug für uns alle war. Das dauerte. Machen wir es hier, sagten wir irgendwann genervt und blieben, wo wir waren: auf der großen Wiese.

Das Ding der Prenzl'Berger war ein Flop. Sie zündeten ein Streichholz nach dem anderen, aber die Rakete wollte nicht brennen. Sie legten Löschpapier unter ihre Bastelei. Nun fing die Rakete Feuer, doch sie hob nicht ab. Sie fiel auf die Seite und wir sahen zu, wie das Feuer schwach vor sich hin qualmte.

Jetzt waren wir dran. Thomas korrigierte den Sitz der Wunderkerze, die aus unserer Rakete zur Hälfte herausschaute, damit das Feuer von außen nach innen wandern konnte.

Schon dieses technische Detail genügte, um die anderen zum Schweigen zu bringen. Er zündete ein Streichholz, hielt es an die Wunderkerze, trat einen Schritt zur Seite. Das Feuer frass sich den Draht entlang zum Inneren unserer Rakete. Ein Knall. Im nächsten Moment brannte die Hose von Thomas. Die anderen schrien und rannten weg. Thomas klopfte mit den Händen auf den Stoff, warf sich auf den Boden und drückte die Flammen ins Gras. Die Rakete zischte. Thomas wälzte sich. Das Feuer auf seinem Schienbein ging aus. Er rappelte sich wieder hoch, klopfte den Staub aus der Stoffhose und von der Windjacke. Er lachte.

Ich hatte die ganze Zeit nichts tun können. Wie versteinert. Ich wollte gerade einstimmen, als ich sah, wie eine Gruppe Erwachsener auf uns zu eilte.

»Abhauen!«, rief ich zu Thomas, der die Erwachsenen in seinem Rücken nicht sehen konnte. Zu spät.

Die Erwachsenen beschlossen, dass man uns wegen Brandstiftung anzeigen müsse. Bei der Polizei! Und wo ist die Polizei? Na an der Kreuzung, vorn an der Protokollstrecke. Sie griffen uns am Arm und zogen uns zu Viktor 70, der gerade den Ampelkasten abschließen wollte, weil er Feierabend hatte. Nun bei ihm schoben uns die Erwachsenen vor seinen Bauch. Ich sah nur das Koppel mit dem DDR-Emblem. Noch nie war ich Viktor 70 so nah gewesen. Alles an ihm war aus kratzendem Stoff. Nur das Funkgerät steckte in einer weißen Lederhülle, wie die Pistole. Die Erwachsenen berichteten. Und wir ließen die Köpfe hängen, weil es stimmte, was sie erzählten. Viktor 70 sagte nichts. Er atmete mehr aus als ein. Dann flüsterte er:

»Mitkommen!«

Mitkommen? Wohin denn? Weglaufen? Unmöglich! Ich wagte nicht, den Kopf zu heben, ihm in die Augen zu sehen. Er ging los und wir Kinder liefen rechts und links von ihm, hatten Mühe, Schritt zu halten.

Viktor 70 führte uns zum Polizeirevier Friedrichshain, machte eine Meldung und ging dann durch eine Tür. Wir mussten vor einem Holztresen warten, der höher war als wir.

»Namen?«, fragte eine weibliche Stimme hinter der Holzwand. Wir nannten unsere Namen.

»Lauter!«

Jemand tippte ein Protokoll. Ich traute mich nicht, den Blick zu heben, hatte die Hände an der Hosennaht, wie beim Fahnenappell, obwohl kein Polizist das verlangt hatte. Jemand sagte:

»Wir rufen die Eltern an und lassen sie abholen.«

»Wir haben kein Telefon«, sagte Thomas mit fester Stimme.

»Aber meine Eltern haben Telefon«, flüsterte ich und diktierte die Nummer: »211-30-89«.

»Wie alt?«

»Zehn.«

Ein halber Körper tauchte hinter der Holzwand auf, sah auf uns herab. Eine Frau ohne Uniform. Sie schaute besorgt und verschwand wieder hinter der Holzwand.

»Die werden immer jünger!«, flüsterte sie.

Ein Polizist kam und wir sollten ihm folgen. Er holte einen Schlüssel aus seiner grünen Hose und schloss eine Zelle auf. Wir staunten. Eine echte Zelle! Halb so groß wie mein Kinderzimmer, mit zwei gelben Parkbänken an den Wänden. Der Polizist schob uns hinein. Überall waren Kratzer. Vergittertes Fenster. Milchglasscheiben, aber nur bis zur Mitte. Ich konnte den Himmel sehen und die Wolken. Sie flitzten.

Es roch nach etwas Verbranntem. Ich sah die Hose.

»Tut dir was weh?«, fragte ich Thomas. Er schüttelte den Kopf. Wir saßen eine Weile.

»Warum hast du gesagt, dass ihr Telefon habt?«

Ich fühlte, wie der Kloß in meinem Hals wuchs.

»Mädchen!«, sagte er und es klang verächtlich.

Ein Schlüssel drehte sich im Schloss. Die graue Metalltür ging auf und ein Jugendlicher musste sich zu uns setzen. Tür zu. Das Schloss knackte.

»Ick hab euch jesehn. War ganz schön wat los.«

»Und du?«, fragte Thomas.

»Beim Rochen erwischt.«

Ich durchsuchte sofort meine Taschen. Alles aufgeraucht. Zum Glück. Wieder ging die Tür auf. Noch ein Junge.

»Beim Klauen erwischt in der Leninkaufhalle.«

Wir erzählten uns, wer warum verhaftet worden war und wo wir zur Schule gingen. Draußen dämmerte es. Unser Zeichen, dass wir nach Hause mussten.

Als erneut die Zellentür aufgeschlossen wurde, torkelte ein

Mann durch die Tür. Er griff nach Thomas Schulter, um beim Setzen nicht neben die Bank zu fallen. Ich sah den Polizisten an.

»Hab noch niemanden erreicht«, sagte er. Der Mann roch nach Schulklo.

Er versuchte sich bei Thomas anzulehnen. Ich hielt mir die Nase zu.

Wieder ging die Tür auf. Wieder sollte jemand rein, aber die Frauenstimme von vorhin rief:

»Nicht zu den Kindern! Der hat doch gerade seine … «

Absätze klapperten. Die Polizistin ohne Uniform stand vor der Zellentür.

»Ihr da, kommt mal raus!«

Wir sollten vor dem Tresen warten. Auch der Junge, der beim Rauchen erwischt worden war. Jemand wählte Nummern, wartete. Niemand da. Ich hob den Arm wie in der Schule.

»Ja?«

»Montag. Da ist bei uns nie jemand da.«

»Wieso?«

»Parteiversammlung.«

Wir durften gehen. Die Polizeifrau kündigte an, gegen 20 Uhr bei uns zu Hause anzurufen.

Wir eilten die Protokollstrecke entlang zu unserer Kreuzung. Viktor 70 hatten den Ampelkasten offen gelassen. Ich zögerte. Einmal, nur einmal den Rote-Ampel-Knopf drücken …

»Vergiss es!«, meinte Thomas.

Die restlichen Meter überlegten wir, ob man das alles den Eltern erzählen müsse.

»Und deine Hose?«

»Müllschlucker.«

Zu Hause brannte kein Licht. Ich war die erste. Das Telefon klingelte, ich ging nicht ran. Wie versteinert stand ich vor dem Regal im Flur und starrte auf das graue Plasteteil. Als es endlich schwieg, zog ich den Vorhang zu und ging in mein Zimmer. Ich reinigte den Hamsterbauer, schmiss alte Stullen weg, packte Bücher in meine Schultasche und legte das Hausaufgabenheft zum Unterschreiben in die Küche, ging duschen, putzte Zähne, setzte mich mit einem Buch ins Bett.

Meine Eltern freuten sich.

»Alles in Ordnung?«

Ich sagte nichts. War das schon eine Lüge?

Licht aus. Ich rollte mich im Bett zusammen wie eine Katze, fand keine Ruhe. Ich drehte mich auf den Rücken, in die Bauchlage. Ich schwitzte. Das Telefon klingelte. Ich hörte, wie unsere Wohnzimmertür aufging, der Hörer abgenommen wurde ...

Jetzt erfahren sie es!

»Piere!« Es war für meinen Bruder. Er telefonierte eine Ewigkeit. Dann klingelte es wieder. Eine Freundin meiner Mutter. Dieses Scheißtelefon!

Nach dem dritten Anruf konnte ich nicht mehr. Ich stand

auf und lief im Nachthemd ins Wohnzimmer. Ich erzählte von der Rakete, vom Wettbewerb der Stadtbezirke, von unserem Erfolg, erwähnte die Namen Sigmund Jähn, Valentina Tereschkowa, Juri Gagarin und wurde nicht unterbrochen. Meine Eltern lauschten mit offenem Mund und geweiteten Augen, ihre Zigaretten brannten in ihren Händen weiter. Ich hätte jetzt auch gern selbst geraucht, fragte aber lieber nicht, beendete meinen Bericht und rechnete mit irgendeiner Strafe.

Sie schickten mich in mein Zimmer. Nach einer Weile stand meine Mutter in der Tür und meinte, die Strafe dafür soll ich mir selbst ausdenken. Sie sagte nicht Gute Nacht.

Obwohl ich alles gebeichtet hatte, konnte ich noch immer nicht einschlafen. Ich hatte mein Versprechen gebrochen, Thomas verraten. Mit jeder weiteren Nachtstunde wuchs meine Wut. Warum hatten wir eigentlich Telefon und er nicht? Warum hatte ich nicht die Nerven eines Jungen? Und warum schwieg unser Telefon, jetzt?

Am nächsten Morgen hatte ich keine Idee, wie meine Eltern mich bestrafen konnten. Ich musste versprechen, den Eltern von Thomas alles zu erzählen. Höchststrafe. Schlimmer als von Viktor 70 mitgenommen zu werden.

Schon auf dem Polizeirevier hatte ich mich beklommen gefühlt, der lange Weg nach Hause und dann die ganze Nacht im Bett, später nach meiner Beichte und jetzt ... Würde Thomas mir die Freundschaft kündigen? Thomas und ich – wir wollten heiraten eines Tages, dass hatten wir uns fest vorgenommen. Ein Wort war ein Wort. Wortbruch Verrat. Ich hatte ihn verraten.

Vor der ersten Stunde trafen wir uns immer bei den Briefkästen. Er saß auf der Heizung. Ich plapperte los. Thomas nannte mich eine Petze und sprach den ganzen Schultag kein Wort mehr mit mir. Für die anderen waren wir die Helden. Alle wollten, dass wir vom Knast erzählen. Aber wir schwiegen und meldeten uns auch nicht im Unterricht. Unsere Klassenlehrerin merkte, dass etwas nicht stimmte. Von meiner Banknachbarin erfuhr sie, was raketentechnisch so los war im Viertel. »So. So. Und Mitte hat gewonnen.« Dann musste sie grinsen. Ein bisschen.

Nun wussten alle Bescheid, nur Thomas' Eltern nicht. Ich wich ihm nicht von der Seite, ging mit zu ihm nach Hause. Nicht, um diesmal auf dem Ehebett Trampolin zu springen. Wir setzten uns schweigend ins Wohnzimmer auf die Couch und warteten auf seine Mutter. Sie kam mit einem Netz, das fast bis zum Teppich durchhing. »Karpfen. Kar-pfen.« Sie streifte sich die Schuhe ab, schleppte das Netz in die Küche. Wir hinterher. Sie packte ein Papierpaket auf den Küchentisch neben dem Gasherd. Ich stupste Thomas ein ‚Los jetzt!' mit dem Ellenbogen in die Seite.

Er schüttelte den Kopf.

Das Päckchen hüpfte.

»Der lebt noch!«, rief Thomas.

Wir sahen zu, wie das Päckchen vom Küchentisch auf den Fußboden hüpfte.

»Wir könnten ihn übers Gas halten«, schlug ich vor. »Das haben wir mit dem verunglückten Fallschirm-Hamster von dem aus dem sechsten Stock auch so gemacht. Thomas, weißt du noch?«

»Hat aber jedauert«, sagte Thomas.

Thomas redete wieder mit mir! Seine Mutter lehnte die Vergasung ab. Sie schickte uns auf den Hof. An die frische Luft.

Am Rosenbeet hockten wir uns aufs Straßenpflaster und sahen zu Viktor 70. Der verschränkte die Arme hinter seinem Rücken und hielt uns mit seinem Blick auf Abstand. Die Dämmerung kam, mit ihr wuchs mein schlechtes Gewissen. Meinen Eltern hatte ich am Morgen das Ehrenwort gegeben, Thomas Eltern die Wahrheit zu sagen.

Am Abend knallten sie mit der Wohnungstür. Sie gingen runter in den fünften Stock, sprachen selbst mit den Eltern von Thomas, werteten unseren Tatendrang aus, redeten über unseren Erpressungsversuch, die Schießübungen. Nun auch noch Brandstiftung. Danach standen sie in meinem Zimmer, öffneten meine Schranktüren, sahen unter meinem Bett nach. Kneifzange, Westkaugummis und Zigarettenreste.

Die neue Strafe übertraf alle vorangegangenen. Ich musste meinem Vater unseren Wohnungsschlüssel zurück geben. Meine Mutter meldete mich im Hort an. Nie wieder würde ich nach der Schule mit Thomas zusammen nach Hause gehen. Nie wieder mit ihm hinter Viktor 70 stehen und Polizei spielen. Hort, dass hieß in der Schule bleiben, in einem Raum sitzen und Hausaufgaben machen, warten bis zur Dämmerung, bis der Tag vorbei und Honecker zu Hause, der Ampelkasten verschlossen war.

Vor allem waren im Hort die Kinder aus dem Prenzlauer Berg. Ich würde dort das einzige Mitte-Kind sein ...

Enrico

ICH WAR ZEHN Jahre alt, als meine Eltern mich im Hort an-
meldeten. Dort würde ich nach der Schule Hausaufgaben
machen, danach basteln können.

Was sie nicht wussten: Im Hort, da war Enrico. Der einzige
Junge in unserer Klasse, der von seiner Mutter allein groß ge-
zogen wurde, weil sein Vater im Knast saß. Der hatte sich, als
unser Kreuzungspolizist Viktor 70 alle Ampeln auf rot laufen
lies, weil gleich Erich Honecker durch unser Viertel fahren würde, mit einem Pappschild um den Hals auf die Protokollstrecke
gesetzt. Auf dem Schild stand irgend etwas mit Republik und
Reise. Jedenfalls kam Enricos Vater dafür ins Gefängnis.

»Aber nicht mehr lange«, prahlte Enrico, »wenn er raus-
kommt, dann sind wir weg!« Und er zeigte in die Richtung,
wo die Sonne unterging.

Jeder wusste das. Da Enricos Tage an unserer Schule ge-
zählt zu sein schienen, verfehlten die Einträge und Tadel ihre
Wirkung. Die Lehrer nahmen sich gar nicht mehr die Zeit, etwas ins Hausaufgabenheft zu schreiben.

Im Hort hatte ich als die Neue seine volle Aufmerksamkeit.
Als die Erzieherin uns allein ließ, um mit der Tisch-Gießkanne

Wasser zu holen, ging Enrico an ihre Tasche, wühlte darin nach dem Portemonnaie, hielt seinen Fund in die Luft, öffnete in aller Ruhe den metallenen Bügelverschluss, nahm ein Stück Geld und tat das Etui wieder zurück in die Tasche. »Wenn sie es merkt, sage ich, du warst das! Und wenn du petzt, dann …« Er hob seinen Finger und zeigte auf seinen Freund Uwe, der an Körpergröße das aufholte, was Enrico fehlte. Uwe krempelte sich gerade die Ärmel hoch.

Die Hortnerin kam zurück und goss die Grünpflanzen. Wir machten unsere Hausaufgaben, wer fertig war, durfte mit den Stiften malen, aber alle blinzelten stumm zur Erzieherin. Der Hausmeister klopfte an die Tür. Feierabend! Wir wischten die Tische ab, stellten die Stühle hoch, durften gehen.

Enrico lief mir nach. Wir hatten bis zur Kreuzung den gleichen Heimweg. Ich zog meine Jacke zu, machte große Schritte. Er war kleiner als ich, holte mich trotzdem ein. Ich dachte, wenn ich von meinem großen Bruder erzähle, dann würde Enrico Angst vor ihm haben. Fünfzig Meter von der Friedhofsmauer entfernt begann ich zu prahlen, dass mein großer Bruder so gar keine Furcht kenne. Er habe hier in den Gräbern, als fürs Neubaugebiet ein Teil des Friedhofes aufgebaggert worden war, nachts Schädel gesucht und mit nach Hause gebracht. Die Geschichte stimmte nur zum Teil. Es war tagsüber gewesen, mein Bruder hatte mit einem Schädel vom Friedhof Fußball gespielt. Enrico stellte sich mir in den Weg. Von seiner Mutter wusste er, dass dort auch Nazis begraben worden waren.

»Krieg raus wo!«, sagte er und ging.

Ich hastete nach Hause, klingelte bei Thomas. Wir waren seit dem Kindergarten zusammen. Ich schob meine Schultasche unter sein Bett. Dann rannten wir aus der Wohnung, die Treppen hinunter, aus dem Haus. Meine Eltern würden erst in einer Stunde mit mir rechnen.

Das Metalltor zum Friedhof stand halb offen. Wir trauten uns keinen Schritt weiter.

Am Abend fragte ich meine Eltern, ob man, wenn man Nazi war, auch als solcher beerdigt wurde.

»Wofür willst du das wissen?«, fragte mein Vater.

»Ach nur so.«

Enrico stibitzte jeden Tag etwas. Er nahm die Schulschlüssel der Hortnerin aus deren Handtasche und packte sie in ihre Manteltasche. Oder Kreide. Oder die Seife vom Waschbecken. Niemand verriet ihn, aber alle grinsten, wenn die Erzieherin etwas suchte, was eben noch da gewesen war.

Auf dem Heimweg wollte er von mir wissen, wie es auf dem Friedhof aussieht, ob ich schon etwas für ihn gefunden hätte.

»Memme!« Er zog mich am Arm an Viktor 70 vorbei zum Friedhof. »Los! Einmal rüber und zurück.«

Ich klammerte mich an meinen Turnbeutel, schritt langsam durch das Tor. Mein erster Friedhof. Kleiner Schritt nach vorn. Stehen. Umschauen. Niemand da. Alles dunkel, obwohl es noch hell war. Zweiter Schritt. Keine Straßengeräusche. Nur das Gurren der Tauben. Dritter Schritt. Dann drehte ich um, rannte zurück an Enrico vorbei nach Hause.

Zu Hause boten mir meine Eltern an, noch einmal auf den Hof gehen zu können. Obwohl es bereits dämmerte.

»Der Thomas wartet bestimmt.«

Ich hatte kein Bedürfnis nach weiteren Erlebnissen.

»Der Hort tut ihr gut ...«, hörte ich meinen Vater zu meiner Mutter sagen. Er klang beruhigt.

Enrico wurde ungeduldig. Nach dem Hort brachte er mich zum Friedhof, schob mich durch das Tor, wies mit dem Finger die Richtung. Ich sollte auf die Sterbedaten achten und die Augen offen halten. Was mit fünfundvierzig wäre gut. »Damals musste es doch schnell gehen.«Er hoffte, ich würde etwas finden von früher. Ein Dolch oder eine Gürtelschnalle mit dem Kreuz.

Von Tag zu Tag wagte ich mich ein paar Schritte weiter. Nie sah ich jemanden, aber immer fühlte ich mich beobachtet. Ich suchte nach irgendetwas, das ich Enrico bringen konnte, um endlich Ruhe zu haben. Einmal griff ich nach einer Grabharke, die neben einem Wasserhahn lag. Enrico war zufrieden.

»Ein Anfang.«

Ich berichtete von einem kleinen Bagger, den ich vor einem offenen Grab hatte stehen sehen. Unabgeschlossen. Enricos Augen leuchteten. Ich sah ihn schon auf dem Bagger die Protokollstrecke entlang tuckern.

»Und im Grab? War da was?«

So nah hatte ich mich nicht an den Rand getraut.

Wir besuchten den Friedhof nun fast täglich nach dem Hort. Ich durfte Thomas mitbringen, der sich zu Hause langweilte.

Die Mutproben, denen sich auch Thomas nicht entziehen konnte, bestanden von nun an darin, in der Dämmerung möglichst lange allein auf dem Bagger zu sitzen. Enrico stoppte die Zeit.

Es war ja klar, dass sich nachts die Gräber öffneten. Wenn ich dran war, rührte ich mich auf dem harten Fahrersitz nicht vom Fleck. Ich stellte sogar das Atmen ein, zählte die Sekunden und hoffte, dass die Zeit reichen würde, um meinen Mut bewiesen zu haben. Die Ringeltauben in den Bäumen, die in den Wipfeln herumflatterten, bevor sie sich für einen Ast zum Schlafen entschieden, kannte ich schon. Ich gewöhnte mich an die Dunkelheit und die wachsenden Schatten der Grabsteine. Etwas anzufassen wagte ich nicht.

Das war bei Enrico anders. Er war stets im Tor stehen geblieben, ließ uns nicht aus den Augen. Nur ein einziges Mal betrat er den Friedhof. Vom Bagger kamen Geräusche. Es klirrte so gewaltig, dass Thomas und ich wegrannten, erst an der Protokollstrecke wieder stehen blieben.

Später kam Enrico die Straße entlanggeschlendert. Grinsend. Er hatte einen Rückspiegel in der Hand. Wir wollten ihn auch einmal anfassen, aber Enrico beachtete uns nicht. Kein Blick, kein Wort. Er ging mit dem Spiegel an uns vorbei zu sich nach Hause.

Ich schlief schlecht. Ich wusste, wir konnten nicht erwischt werden. Jedenfalls nicht von Viktor 70, weil der ja nachts Feierabend hatte. Und die Toten ruhten ja auch auf ihre Art. Ich träumte von Erdhaufen, die immer größer wurden, Grabsteinen, die umfielen, weil von unten jemand in Uniform nach oben wollte, um Enrico den Rückspiegel abzunehmen.

Jeden Tag nahm ich mir vor, mit Enrico übers Aufhören zu reden. Wenn ich allein war, übte ich meine Rede. Als ich soweit war, fehlte Enrico. An diesem Tag kam er nicht und in den nächsten Tagen auch nicht. Er war wie weggezaubert. Thomas und ich rätselten, ob die vom Friedhof ihn vielleicht geholt haben könnten. Oder Viktor 70? Später hieß es in der Schule, sein Vater sei entlassen worden und habe seine Familie mit nach Westberlin genommen. Kreuzberg.

Wir überlegten, was dort jetzt toll sein würde für Enrico. Kaugummis! Die neue Klasse sicher nicht. Was er wohl gerade macht? Ohne uns? Ohne Protokollstrecke, ohne Nazigräber?

Und wir?

Enrico fehlte.

»Auf alle Fälle müssen wa jetzt nich mehr uffn Friedhof!«

Späte Post

»DAS BRAUCHEN WIR NICHT!«, ist der erste Satz, an den ich mich erinnern kann. Erster September 1984, gesagt hat ihn mein neuer Klassenlehrer.

Ein soziales Netzwerk bittet um meine Schul-Erinnerungen. Ich will an diese Jahre nicht zurückdenken. Aber es ist wie ein Virus. Die Erinnerungen sind plötzlich da, werden immer mehr.

Damals war ich zum Abitur delegiert worden und saß an jenem ersten Schultag mit zwanzig Schülern Klassenstufe elf in der ersten Unterrichtsstunde. Wir stellten uns einander vor und erzählten, mit welchem Berufswunsch wir es an diese Schule geschafft hatten. Soldat auf Zeit, Ökonom, Lehrer ... und jetzt sah die Klasse mich an.

»Dramaturgie?«, fragte der Lehrer. »Das brauchen wir nicht!«

Ich durfte mich setzen. Es gab die mit den guten Berufswünschen und die Sonderlinge, mit denen man noch einmal reden musste. Das war Aufgabe des stellvertretenden Direktors, der mein Chemielehrer war: Dieter E.

Im Unterricht interessierte es ihn überhaupt nicht, wer von uns was werden wollte. Nur Wissen zählte. Den Unterrichtsstoff vermittelte er kurz und knapp, aber logisch. Wer nicht zuhörte, hatte Pech, nichts wurde wiederholt. Wollte er wissen, welche makromolekularen Stoffe sich unter Einfluss von Wärme miteinander verbinden, und es hatte niemand Lust zu antworten, öffnete E. das Fenster. Erst das eine, dann ein weiteres. Auch im Winter. Ich sehe meine Klasse. Wir ziehen uns die Jacken an, frieren. E. steht, vom winterlichen Wind unbeeindruckt, im weißen Kittel und wartet auf eine Antwort. Nur einmal hat er alle Fenster öffnen müssen.

Das fällt mir auch ein, wenn ich an meine Abiturjahre denke. Aber ist das eine Geschichte, die für die Schulplattform taugt? Sie würde ihm nicht gerecht werden. Dieter E. habe ich zu verdanken, dass ich das Abitur überhaupt beendete.

Meine Mutter war an einer Herzkrankheit gestorben. Noch vor den Sommerferien hatten wir uns zum Tag der offenen Tür diese Schule angesehen, keine zehn Wochen war das her. Sie fehlte mir. Mein Vater konnte nach einer Nierenentfernung nicht mehr im Büro arbeiten. Auch er litt, versuchte sich mit Kreuzworträtseln über den Tag zu bringen und wartete nachmittags auf die einzige Abwechslung des Tages, auf meine Rückkehr, freute sich, wenn ich ihm erzählte, wie es in der neuen Schule so lief, womit wir uns beschäftigten.

»Alles im Griff!«

Von Tag zu Tag schwindelte ich ein wenig mehr und verlegte nach Schulschluss meine Heimkehr auf den späten Nachmittag. Ich war längst aus allem ausgestiegen. Mein Beruf wurde nicht gebraucht, wozu also lernen, wenn man doch stirbt, mit Anfang fünfzig?

In jenem Herbst ging ich nach der Schule oft in den Leierkasten, sah den Bauarbeitern beim Saufen zu, aß Currywurst und trank Apfelsaft, später Bier. Eines Tages lief E. an der Kneipe vorbei und entdeckte mich hinterm Fenster, er kehrte um und kam zur Tür rein. Er bestellte am Tresen ein Bier, ließ es sich geben und setzte sich zu mir an den Tisch. Wir schwiegen uns an. Er war Mitte fünfzig. Was sagt man in so einem Moment? Er richtete sich auf und zerstrich mit dem Finger die kleine Bierpfütze, die vom Glas auf den Holztisch gelaufen war.

»Ich war vierzehn, als meine Mutter starb. Man kommt irgendwann zurecht.«

Mein Herz klopfte. Ich hatte gar nicht gewusst, dass er es wusste. ›Mit vierzehn‹, dachte ich. Das muss Ende der vierziger Jahre gewesen sein, kurz nach dem Krieg. Ich hatte nie daran gedacht, dass auch Lehrer Mütter haben.

Er hatte leise gesprochen, nicht so laut wie im Klassenzimmer. E. nahm einen Schluck.

»Du willst doch was mit Schreiben studieren. Schreib Gedichte, das hat mir auch geholfen.«

Er trank aus, legte sechzig Pfennig auf den Tisch, stand auf, klopfte mit der Faust einen Gruß auf den Tisch.

Ich habe tatsächlich angefangen, meine Endzeitstimmung in Zeilen zu pressen, und er hat sie gelesen. Geduldig, gründlich. Wir trafen uns nach der Schule in der kleinen Eckkneipe. Oft war er schon da, wenn ich zögernd hereinkam, dann lud er mich mit einer kleinen Kopfbewegung an seinen Tisch. Er kritisierte meinen Pessimismus. Das Leben kenne auch andere Farben. Er hinterfragte zu schnell dahin getippte Wörter wie *Argwohn* oder *Misstrauen*. Seine Gedichte hat er mir nie gezeigt, aber auf meinen Chemie-Arbeiten fand ich Zitate aus Goethes Faust oder Auszüge aus Gedichten von Eichendorff und Brecht. Er hatte sie rechts oben neben meinen Namen geschrieben, unter das Datum, mit winziger, dennoch leserlicher Schrift, so dass zwei Zeilen in eine passten. Lebensweisheiten, Stimmungen. Nie Banales.

»Die Mühen der Gebirge liegen hinter uns. Vor uns liegen die Mühen der Ebenen. B. B.« Brecht prangerte die Langeweile im Sozialismus an. Und E.? Die Mühen zu leben?

Ich begann, wieder pünktlich in die Schule zu gehen, erfuhr von einem seiner Kollegen, dass seine erste Frau verstorben war. Da hatten sie schon Kinder.

In der letzten Chemiestunde in jenem Jahr legte er im Vorbeigehen an meinem Tisch einen kleinen Briefumschlag auf meinen Hefter. Ohne Aufschrift und zugeklebt. Bis zum Abend trug ich ihn bei mir, ohne ihn zu öffnen. Ich wollte bis Weihnachten warten, hielt es aber nicht mehr aus. Im Kuvert steckte eine kleine Karteikarte mit einem Zitat aus Faust I. Seine Handschrift. Ich nahm die Nähnadeln meiner Mutter und steckte seine Karte über meinem Bett an die Tapete.

Daran habe ich über zwanzig Jahre nicht gedacht. Ob E. noch lebt? Jetzt in diesem Moment? Ich hatte E. nie gesagt, wie wichtig er damals für mich war. Er war verheiratet, hatte vier Kinder. Jetzt müsste er Mitte 70 sein. Wir hatten nie ein Klassentreffen.

Seither komme ich kaum auf andere Gedanken. Plötzlich interessiert mich nur noch mein altes Leben und ich fühle wie damals. Auch Angst. Meine Angst, wenn ich in sein Büro musste und er versuchte, meinen Berufswunsch umzulenken.

In der sozialen Plattform sammeln sich Berichte über solche Umlenkungsgespräche. Von Erpressung ist die Rede. Ich habe E. nie unfreundlich erlebt. Oft saß er gebückt über seiner Tabelle, in der er festhielt, wer nun wie lange zur Armee gehen würde und wie viele sich für den Lehrerberuf verpflichtet hatten. Er argumentierte, dank dieser Lenkung hätte die DDR keine Arbeitslosigkeit. Man könne nicht immer nur nehmen, müsse seinem Land auch etwas zurückgeben. Immer bekam ich ein schlechtes Gewissen. Aber ich hatte den Lyrikpreis der FDJ! Wir sahen uns an, es galt, den Blick nicht zu senken, das Schweigen auszuhalten. Bis er wie ein Arzt sagte:

»Na, dann sehen wir uns wieder. Nächsten Monat.«

Jetzt google ich doch seinen Namen. Erfolglos. Ich rufe die Auskunft an, aber Dieter E. lässt sich nicht finden. Es gibt einen Trainer, der so heißt, aber das Alter stimmt nicht, zu jung. Habe ich mich im Vornamen geirrt? Im Keller suche ich nach dem Koffer, der meine Zeugnisse enthält und meine Hausaufgabenhefte. Ich schleppe ihn hoch in die Wohnung, beginne zu blättern. Chemie zweimal die Woche. Im Januar 1985 finde ich eine Notiz. Er hatte Geburtstag, es war sein zweiundfünfzigster. Warum wollte ich ihn nie sehen all die Jahre?

Wieder gehe ich ins Internet und löse bei der Europäischen Melderegisterauskunft eine Suche aus. Gegen Gebühr werden sie mir in den nächsten Tagen den Wohnort von E. mitteilen. »Der Gesuchte erfährt nichts vom Suchantrag. Die Daten des Suchenden stehen unter Schutz«, lese ich im Kleingedruckten.

Später suche ich mein Fotoalbum von damals. Dieses eine Bild, das ich von ihm machte. Im Herbst 1985, ich war bereits in der zwölften Klasse. Er hatte mir an einem Sonnabend beim Verlassen der Kneipe zugerufen:

»Morgen acht Uhr Bahnhof Birkenwerder. Wir gehen wandern. Aber du kommst bestimmt nicht aus dem Bett.«

Ich wusste damals schon von der stimmungswandelnden Wirkung des Waldes. Er fehlte mir. Aber Sonntag war der einzige schulfreie Tag.

Am nächsten Morgen stieg ich pünktlich kurz nach sieben in die S-Bahn nach Birkenwerder. Er saß mit seiner Familie bereits drin, freute sich, stellte mich seiner Frau vor und dem kleinen Kind, das er die gesamte Wanderung in einer Rückentrage durch den Märkischen Wald trug. Fontanes Brandenburg. Ich fotografierte Schwäne auf dem See, kahle Bäume, ihn. Wir wanderten bis zur Dämmerung. Ich hatte nichts zu

Essen dabei. Er teilte grinsend Tee und Schnitten mit mir. Über die Schule und meinen Berufswunsch sprachen wir nicht. Das Foto zeigt einen glücklichen Mann. Schwarz weiß.

Im Februar 1986 musste ich zum letzten Mal in sein Büro. Wenige Tage zuvor hatte ich aus Potsdam-Babelsberg eine Ablehnung bekommen. In der Filmhochschule gab es keinen Studienplatz für mich, zu viele Bewerber.

Mir war klar, ich hatte kein Argument mehr, Dramaturgin werden zu können. Einfach abwarten war asozial. Alle hatten einen Studienplatz. Nur ich nicht. Ich war bereit, auf E.s Vorschläge einzugehen. Hauptsache, es ging mit mir nach der Schule irgendwie weiter. An jenem Wintertag hoffte ich, er würde mir Lehrer anbieten. Deutsch-Kunst, hoffentlich. Aber sicher war sein Kontingent jetzt ausgeschöpft. Ich wusste, er suchte noch Rinderzüchter.

»Lehrer? Du?«

Wir ahnten beide, dass das keine Lösung war. E. kramte einen Zettel hervor und schob ihn mir zu. Eignungsprüfung am Berliner Verlag.

»Und was wird man da? Drucker?«

»Journalist.«

Ich wollte nicht Journalist werden.

»Es gibt drei Tage schulfrei«, sagte er und zwinkerte. »und du kannst ausschlafen. Geht erst zehn Uhr los.«

Im Internet gibt es keine einzige Geschichte, die ihn positiv beschreibt. Ob er diese Plattform kennt? Ich rechne die Jahre zusammen. Mein Puls schlägt schneller. Ich möchte, dass er noch lebt.

Woran erinnert er sich? An mich? Zu lange her, zu viele Schüler. Wie viele Schüler lernt ein Lehrer in über vierzig Berufsjahren kennen? Die Wahrscheinlichkeit, dass er sich an mich erinnert, geht gegen Null.

Ich überlege, warum wir uns aus den Augen verloren haben. Mir fällt kein Grund ein. Ich hätte ihm ja schreiben können, damals vom Journalistik-Studium, oder zu Weihnachten einen Gruß. Am Abend logge ich mich noch zwei Mal ins Internet ein. Keine Mail. Es kommt das Wochenende, ein Montag, ein Dienstag. Enttäuscht gehe ich an diesen Abenden ins Bett und verfolge auf der Tapete die wandernden Lichtfetzen vorbeifahrender Autos. Er konnte Fernseher nicht leiden. Lebenszeitfresser, hatte er mal gesagt. Was er wohl liest, an so einem Abend?

Mai 1986. Meine letzte Erinnerung an ihn. Wir sitzen in einer anderen Kneipe, weil unser Leierkasten renoviert wurde. Es gibt keinen Unterricht mehr für uns, jeder hat nur noch mündliche Prüfungen.

»Such dir 'nen lieben Mann und schreib etwas, das bleibt«, sagte er an jenem Abend, und ich fühle heute noch, er traute mir zu, dass ich das schaffen würde. Eines Tages.

Am nächsten Morgen schwebt eine Eins in Klammern über meinem privaten Maileingangsfach. Sie haben ihn gefunden.

Er lebt! »Der Betroffene wurde eindeutig identifiziert.« Das Feld mit dem Sterbedatum ist leer. Geburtsdatum, Vor- und Nachname stimmen überein. Im Feld ‚Anschrift‘ steht seine Adresse. Treptow-Köpenick. Und jetzt? Einfach anrufen?

Ich gehe arbeiten, habe Sitzungen, kaufe ein. Anrufen? Ich will nicht noch mehr Zeit verlieren, mich dazu durchringen, kann nicht. Er könnte auflegen im Glauben, ich sei von einem Callcenter. Und wenn er dran bliebe, würden wir vielleicht nur ein paar Wörter wechseln. Ich könnte ihm erzählen, dass ich einen Mann, Kinder, Arbeit, Haus habe. Und dann? Am Telefon für damals Danke sagen, ohne seine Augen zu sehen?

Ich will nicht nur seine Stimme hören, ich will wissen, wie er selbst durch die Mühen der Ebenen gekommen ist. Wie er wohl aussieht? Noch trauriger? Oder haben sich die Fältchen an seinen Augenwinkeln vermehrt?

Am Abend schreibe ich einen Brief, beschreibe meine Erinnerungen an einen lieben Lehrer, den ich leider aus den Augen verloren habe und gern wieder sehen würde.

»Vielleicht ergibt sich ja noch einmal die Möglichkeit, gemeinsam ein Bier zu trinken?«

Diesen Brief gebe ich persönlich an unserer Poststelle ab. Mit einem Euro Porto ist er überfrankiert. In Gedanken verfolge ich ihn, sehe, wie der Brief von Leipzig nach Berlin transportiert und dort verteilt wird. Er müsste noch heute die Hauptstadt erreichen. Morgen vielleicht in seinem Kasten liegen. Spätestens übermorgen.

Die Übung

ICH MAG KEINE TORTEN MEHR, egal ob gefüllt, bepudert, cremefarbig, seit der Einsatzleiter mir eine schenkte, im Juni 1985, am letzten Schultag. Alle haben zugesehen, alle haben geschwiegen, aber innerlich gelacht.

Die Sonne drückte ihre dreißig Grad auf die Stadt. In Reih und Glied standen wir Mädchen der Klassenstufe elf auf dem Schulhof. Die Schulleitung hatte uns Uniformen gegeben: graue Hosen, graue Blusen, graue Jacken. Auch Käppi tragen war Pflicht. Drei lange Wochen würde der Zivilverteidigungskurs dauern. Die Touristen, die mich zwei Mal am Tag derart verkleidet auf dem Schul- und Heimweg entlang der Protokollstrecke und dem Alexanderplatz sahen, erschraken.

Wir Mädchen waren in Züge aufgeteilt und diese wiederum in Gruppen. Ich stand im Zug drei, Gruppe zwei, und lauschte der militärischen Kommandosprache, um links oder rechts herum zu folgen. Im Marschschritt alle gleich, für den Weltfrieden! Nur Körperbau und Haarfarbe verrieten, wer von uns wo gerade Haltung annahm, marschierte oder für Befehle aus der Reihe trat. Wir befanden uns nicht im Krieg, aber im

Wettbewerb. Zug gegen Zug, Mann gegen Mann, also Frau gegen Frau. Mein Zug lag hinten, was daran lag, dass wir die Normzeiten zum ordnungsgemäßen Aufsetzen von Gasmasken nicht eingehalten hatten. Es ging um vier Sekunden, konkret ich war zu langsam. Vor uns stand grau wie ein Feldstein meine Biologielehrerin. Sie schwitzte wie wir und schickte mit norddeutsch rollendem R die jeweils Schnellsten rechts herum, zurück in den Schatten.

Die Jungs waren derweil im Wehrlager südlich von Berlin, warfen Eierhandgranaten und schossen mit kleinkalibrigen Gewehren auf schwarz-weiße Pappscheiben oder ins Holz hochstämmiger Kiefern.

Schlimm war für mich nicht das Aufsetzen der Gasmaske, dass die Gummihaut am Gesicht klebte, oder dass die Scheiben beschlugen und mir nach zwei Sekunden jede Sicht fehlte. Schlimm war, dass die Maske für Kindergartenkinder entwickelt worden sein musste und uns beim Abnehmen die Haare vom Kopf riss. Ich wurde in der Gruppe nicht beliebter seit es Zug gegen Zug ging. Meine Biologielehrerin drückte die Stoppuhr zurück auf Null. Ein kurzer Blick zwischen Lehrerin und Zugführerin, die über den Schulhof brüllte:

Zug drei, Gruppe zwei stillgestanden!

Gas!

Wieder rissen wir die Gummihauben aus dem Stoffbeutel, der an unserer linken Seite baumelte, stülpten die Masken mit den gläsernen Augen über unsere Köpfe. Alle bis auf mich. Ich musste erst meine Brille absetzen und sie in der Hosentasche verstauen. Gespanntes Warten: zwölf Sekunden. Während wir alle geräuschvoll vor uns hin atmeten und mir der Speichel in den Filter floss, fragte ich mich, wer vor mir dieses Ding getragen hatte und wer es nach mir würde überstülpen müssen? Ob der Rüssel je gereinigt werden würde und wenn ja, von wem? Mit jeder Übung entstanden neue Fragen: Wo würde ich meine Gasmaske im Fall der Fälle finden? Wir waren siebzehn Millionen Einwohner. Wer würde eine bekommen innerhalb von neun Sekunden? Die Biologielehrerin!

Die Sonne stand bereits senkrecht über dem Schulhof. Meine Lehrerin ignorierte die eigenen Schweißflecken, die unter ihren Achseln wuchsen. Zug drei, Gruppe zwei und Zug eins, Gruppe zwei blieben übrig. Elf Sekunden! Vera aus meiner Klasse gab mir den entscheidenden Tipp: Ich könne meine Brille ja auch im nahegelegenen Blumenkübel deponieren. Wir tauschten die Plätze, was niemandem auffiel, und ich legte meine Sehhilfe mit den Gläsern nach oben zwischen zwei Ranunkeln. Sie fehlte mir nicht wirklich. Dem Vordermann hinterher marschieren konnte ich blind.

Gas!

Neun Sekunden!

Nun, da die Zeiten bei allen stimmten, wurden wir in die Versorgung von möglichen Kriegsverletzungen eingewiesen. Schuss-, Pfahl- und Brandverletzungen, wir lernten sie zu verarzten. Wobei allein die Kandidatinnen fürs Medizinstudium einen Ehrgeiz entwickelten, der selbst meiner norddeutschen

Lehrerin ein kurzes Lob entlockte. Nur Amputationen wurden nicht besprochen. Verbrauchte Mullbinden aufwickelnd träumte ich mich in diesen Junitagen oft in den Schatten einer Erle am See oder in die Uckermark, wo die Wiesen groß werden und die Häuser sich in den Raps ducken.

Die Hitze rührte sich die nächsten zwei Wochen nicht vom Fleck. Sie blieb jetzt auch über Nacht, weichte den Teer auf den Straßen auf und machte, dass er an unseren Gummistiefeln klebte. Niemand wagte, zu spät zu kommen oder gar zu schwänzen. Die Sonne wanderte über das Schuldach und sah mit ungetrübtem Licht zu, wie wir nun auch in den passenden Vollschutzanzug stiegen. Wir übten unter freiem Himmel den Strahlenkrieg, trainierten das Anlegen von geeigneten Schutzmaßnahmen im Falle eines atomaren Zwischenfalls. Die Anwohner, die aus ihren Fenstern sahen, erlebten eine Horde grauer Elefanten. Das Musikkabinett war unser Luftschutzbunker. Wir suchten Deckung unterm Flügel, Gesicht zum Boden.

Meine Anziehzeiten wurden besser. Danach entkontaminierten wir uns unter den Augen des Einsatzleiters, dem stellvertretenden Direktor. Mit Wasser aus einem Gartenschlauch sollten wir noch, in voller Montur, die Gummihaut der anderen entseuchen, dabei aber selbst nicht nass werden. Wasser war knapp in Berlin. Die Bäume unter den Linden sahen alt aus.

In der dritten Woche schlossen praktische Einsätze in der Umgebung den Zivilverteidigungslehrgang ab. Noch zwei Tage, dann würden die Ferien beginnen. Jeden Mittwoch, Punkt dreizehn Uhr heulten zwischen Ostsee und Erzgebirge die Sirenen. Das Amt für Katastrophenschutz prüfte im ganzen Land, ob die Meldekette stand. Wer zum Kader gehörte, musste sich ein Telefon suchen, andere Eingeweihte anrufen und ein streng geheimes Wort weitergeben, bis der Kreis sich schloss. Als die Metallhörner auf den Altbauten losjaulten, meinte meine Biologielehrerin:

Na, das passt ja. Echtzeitbedingungen. Alarm!

Wir stülpten die Masken auf, schlüpften in die Strahlensicheren Gummianzüge, nahmen Haltung an. Achtzig Elefanten standen still. Die Lehrerin rief meinen Namen. Diesmal sollte ich Verletzte suchen, im Anton-Saefkow-Park. Ich trat aus der Reihe.

Deine Chance!

Sie hatte mich geduzt, ich suchte ihren Blick. Meine Brille! Sie lag in den Ranunkeln, unerreichbar. Meine Lehrerin wippte hoffnungsfroh mit den Füßen. Zeit läuft!

Vera stupste mich an. Ich rannte über den Schulhof, aus dem Tor, rechts herum zum kleinen Park hinter der Schule. Am Anfang fühlte ich mich verfolgt. Ich hatte keine Ahnung, wo ich suchen sollte. Der Schweiß brannte in den Augen, ich kniff sie zusammen, um die Konturen zu schärfen. Endlich erreichte ich den Park und rannte querfeldein den Berg hinauf, hoffte, irgendwo hier jemanden im grauen Gasanzug herumliegen zu sehen. Am Besten alle auf einem Haufen. Ich sah nur grüne Wiesen, grüne Sträucher, grüne Bäume. Die Maske drückte wie eine Taucherbrille. Ich umkreiste den kleinen Spielplatz mit der Holzwippe, stieg über eine Betonmauer und durchquerte ein Gebüsch. Plötzlich hörte ich einen kehligen Laut. Ich drehte mich um und sah sie nicht sofort. Die Frau saß kerzengerade auf der Holzbank, ließ ihren Stock fallen und kippte dann ganz langsam zur Seite. Mit der rechten Hand erwischte ich ihre linke Schulter und rückte sie wieder in die Senkrechte. Nicht Umfallen! Bitte.

Sie starrte mich an. Kriesch? Sie mochte 70 sein.

Kriesch?

Nur eine Übung.

Sie stierte mich mit offenem Mund an. Ich kam näher, um sie besser sehen zu können. Schmale Lippen flüsterten: Is Kriesch?

Ich schüttelte meinen Elefantenkopf.

Für die Schule. Üben. Wir üben nur, sprach ich überdeutlich durch meinen Gasmaskenrüssel.

Sie atmete wie ein Karpfen. Kriesch? Üben?

Ich riss mir die Maske vom Kopf.

Die Sirene verstummte.

Ich soll Verletzte suchen üben, falls mal Krieg ist.

Wir sahen uns an. Ich blinzelte, um sie besser sehen zu können. Sie sah aus wie Schwester Agnes aus dem DDR-Fernsehen. Große Augen, eingefallene Wangen. Ihr Gesicht war bleich, der Mund stand offen.

Nur eine Übung. Jetzt ist Frieden! Todsicher.

Sie schüttelte ungläubig den Kopf, griff sich an die Brust. Ich wagte nicht, sie loszulassen und ging in die Knie, um nicht ganz so bedrohlich zu wirken.

Geht's wieder? Soll ich was holen? Wasser?

Im Kriesch jibt's keeen Wassa!

Sie wandte ihren Blick ab, konzentrierte sich aufs Atmen. Ich schaute mich um. Hoffentlich sah mich keiner. Ich war ja ohne Kopfschutz, praktisch verseucht. Niemand zu sehen. Keine Mütter, keine Kinder, keine Verwundeten. Bei dieser Hitze waren alle zu Hause oder am Müggelsee. Woher ich im Falle eines Atomkrieges Wasser nehmen sollte, hatten wir noch nicht besprochen. Ich setzte mich zu der Frau auf die Bank. Ihr Rock war grau, wie mein Anzug. Ich nahm meine Maske und knetete sie zwischen den Händen.

Auf dem Schulhof würde meine Lehrerin gerade jetzt mit der Stoppuhr auf meine Rückkehr warten und einen Blick mit der im Schatten sitzenden Einsatzleitung tauschen. Ich hätte längst zurück sein müssen und Erstmeldung erstatten. Wie viele Menschen mit welchen Verletzungen wo lagen. Die Rettungskräfte harrten, die Trage haltend, auf dem Schulhof in der Sonne ihrer Aufträgen entgegen. Und die Verletzten im Park rührten sich in ihren Verstecken, hofften auf Erlösung, fühlten sich übersehen oder vergessen. Die ganze Schule wartete auf mich.

Ich öffnete die obersten Knöpfe meines Schutzanzuges. Mir stand der Schweiß im Stiefel. Ich schwieg. Auch die Frau sagte nichts mehr. Ihr musste das Herz rasen. Wenn sie jetzt einen Infarkt bekäme, hätte der Kalte Krieg eine Tote mehr. Ich hoffte, sie würde Worte des Verständnisses für diese Übung finden. Aber sie brachte keine Silbe mehr hervor. Nach einer Weile entschuldigte ich mich, hob ihren Stock auf und drückte ihr die Stütze in die Hand. Unsere Finger berührten sich, ihre waren kalt und dünn. Die Hand erinnerte mich an meine Oma aus Karl-Marx-Stadt, die den Krieg in Chemnitz erlebt und die ich nie danach gefragt hatte, aus Angst, dass sie die Frage traurig gestimmt hätte. Ich setzte mir die Gasmaske auf und lief zurück zur Schule. Dass ich weinte, konnte keiner sehen.

Wir übten die ganze restliche Woche. Zug drei, Gruppe zwei verlor den Wettbewerb. Der schnellste Zug bekam zwei Kartons Moskauer Eis, der langsamste eine Zitronentorte, die ich entgegen nehmen musste. Die Einsatzleitung zog sich ins schattige Schulhaus zurück. Kichernd verließen meine Kameradinnen den Hof. Ferien. Die Armee hatte einen Lkw und sechs Bausoldaten geschickt, um die Anzüge abzuholen. Sie brauchten keine zehn Minuten. Ich stand noch immer auf dem Appellplatz, das cremige Bauwerk in der Hand.

Als niemand mehr da war, lief ich zum Parkplatz vor unserer Turnhalle und stellte die Torte unverpackt auf die Motorhaube des roten Ladas. Er gehörte meiner Biologielehrerin und wurde wöchentlich gewaschen. Auch im Winter. Ich nahm Haltung an. Der gelbe Cremehaufen mit seinen braunen Verzierungen sackte bereits in sich zusammen. Ich korrigierte die Platzierung, schob die Torte militärisch mittig übers heiße Blech, trat zurück. Links rum. Augen gerade aus. Ich sah zum Fenster des Lehrerzimmers. Dort würde sie jetzt die Ergebnisse des ZV-Lagers mit dem Kollegium besprechen. Sie würde uns einteilen in gefestigte und ungefestigte Persönlichkeiten, und dann Beurteilungen schreiben. Ich salutierte stumm, rührte mich und lief mit hochgezogenen Schultern, die Hände in den Taschen nach Hause.

Nach den Ferien lehnte meine Biologielehrerin es ab, mich weiter zu unterrichten. Sieben Monate später, im April 1986, strahlte Tschernobyl. Wir aßen Kirschen und lernten für die schriftlichen Abiturprüfungen. In meinem Kampfanzug steckte irgendein Mädchen aus der elften Klasse.

Das Versprechen

Winter. Meine Stadt ist krank. Träge schiebt sich der Verkehr entlang der Eiswülste. Verkrustete Berge alten Grinds, Schnee, den die Stadtreinigung nicht wegkratzt. Alles schleicht. Ich habe es nicht eilig. Ich laufe durch den Prenzlauer Berg, vergleiche die Straßenecken mit meinem inneren Auge. Mein letzter Besuch liegt über fünfzehn Jahre zurück.

Wo wohnte Sabine? War hier nicht unsere Stammkneipe, der Leierkasten? Ich finde die alten Türen nicht wieder. Zu lange her. Die Straße endet, ich stehe vor meiner alten Schule, der EOS. Übereinstimmung mit meinem inneren Bild bis auf die Tischtennisplatten und das Basketballfeld. Die Bäume sind groß geworden, die Hecke fehlt. Auch die Bushaltestelle ist abgerissen. Wie oft haben wir hier früh Hefter getauscht, um Lösungswege abzuschreiben. Mir ist, als müsste ich noch Hausaufgaben machen oder für die Prüfung lernen.

Die Wintersonne steht über dem Schulhof. Ich kann nicht rein, ein grünes Tor hält Besucher auf Distanz. Es ist still. Ich erinnere mich an den Lärm der Schulklingel, und dann an einen Samstag im Mai 1986, als wir noch vier Stunden Unterricht hatten. Auch Russisch. Zwanzig Minuten singen, dann begann das Wochenende. Nur für mich nicht. Plötzlich ist alles wieder da.

Die dritte Stunde war ausgefallen. Die Frühlingssonne zog uns ins Freie. Ich kletterte mit Sabine über den Schulzaun. Wir wollten uns nur die Füße vertreten, doch diesmal stand von einem der richtig großen Altbauten die Haustür offen. Kalte Luft wehte aus dem Treppenhaus. Wir wussten, mit etwas Glück ließ sich die Luke zum Dach öffnen. Damals probierten wir es bei fast jedem Haus im Viertel. Wenn hier das Schloss fehlte, würden wir die Dimitroffstraße von oben entlang laufen können. Noch vierzig Minuten. Wir schlichen an Wohnungstüren vorbei über den Dachboden und hatten Glück. Ich nahm die mit Staub gepuderte Leiter, drückte gegen das Holzbrett. Es ließ sich zur Seite schieben. Und dann standen wir in der Sonne auf dem heißen Teerdach. Wir warfen einen Blick auf unsere Schule. Wie klein sie war. Sabine ging weiter, verschwand hinter einem Schornstein. Fasziniert von dem Minischulhaus setzte ich mich auf das Dach und verfolgte das Gewusel hinter den Fenstern: die Lehrer, die zwischen den Bankreihen wanderten, den Rest meiner Klasse, lesend auf dem Hof. Wie langweilig.

Bewegung. Alle standen nach und nach auf, liefen an die Fenster der Klassenzimmer und sahen raus zu dem Haus, auf dessen Dach ich saß. Auch unsere Klassenkameraden auf dem Hof lasen nicht mehr. Sie standen nun alle mit dem Kopf in den Nacken und schauten zu uns hoch. Ich rief nach Sabine, die weitergelaufen war und mich nicht hörte. Irgendetwas musste los sein unter uns im Haus. Vielleicht brennt es? Ich roch nichts. Aber die anderen schauten stumm nach oben, niemand rief etwas.

Ich ging runter. Auf dem Schulhof schrie mich mein Klassenlehrer an. Ich solle sofort zum Direktor. Da hatte ich schon einmal gesessen. Aber jetzt wusste ich nicht warum. Er wartete bereits im Flur vor der Tür des Sekretariates, die rechte Hand an seine Brust gepresst. Als ich vor ihm stand, nahm er mich in beide Arme. Er drückte mich an sich, hielt inne, dann schob er mich grob an der Sekretärin vorbei in sein Büro. Ich sollte mich setzen. Er lief im Zimmer auf und ab.

»Was hast du dir dabei gedacht?«

»Wobei?«

Er hielt inne, starrte mich an, verbarg seinen Mund hinter der Hand. Schweigen. Erst jetzt verstand ich, wies mit dem Zeigefinger auf das gegenüberliegende Dach.

»Mach ich fast jeden Tag. Ist schön dort.«

Er setzte sich. Das Schweigen war nicht schlimm. Schlimm war, dass er um mich Angst gehabt hatte. Ich begriff, Sabine war nicht zu sehen gewesen. Es klingelte zur vierten Stunde. Ich sollte sitzen bleiben. In der Schule wurde es still.

»Ich habe mir nichts dabei gedacht«, sagte ich und dachte: ›wir‹. Und dann kam die Bitte, die eigentlich eine Bewährungsprobe war.

Jede Schule hatte ihren eigenen Widerstandskämpfer, den es zu Ehren galt. Wir hatten zwei. Die Brüder Meister. In einer Woche war ihr Gedenktag. Eine der Witwen der Ermordeten lebte in Berlin. Mein Direktor wollte, dass ich sie besuche und frage, ob sie Lust hätte, an der Gedenkveranstaltung teilzunehmen. An jenem Tag hätte ich mich auch um sie zu kümmern.

Die Russischklasse begann zu singen. Ich durfte jetzt nach Hause gehen.

Sabine hatte ich mit keinem Wort erwähnt. Ich dachte, sie würde sich nach der Schule bei mir melden und sich für mein Schweigen bedanken. Sie rief nicht an. Und so lief ich am selben Tag noch allein zur Holzmarktstraße, zu den Hochhäusern. Ich wollte es hinter mich bringen, erledigen, wie eine Hausaufgabe. Die Klingel im windgeschützten Hausflur fand ich schnell, 8-03. Als ich drücken wollte, sah ich den Namen ein zweites Mal, 4-01. Wo klingeln?

Ich ging vor die Tür rauchen. Wie sollte ich die ehrenwerte Witwe ansprechen? Es fiel mir schwer, fremde Menschen nach etwas zu fragen. Ich schlich um den Häuserblock, übte Formulierungen, sah auf die Uhr, halb fünf, die Hausaufgaben warteten. Ich wollte abends noch zur Disko.

Ich versuchte, staatsnah zu denken. Bestimmt hatte die Kommunale Wohnungsverwaltung unserer Veteranin eine Wohnungen mit der schönsten Aussicht zugewiesen. Ganz oben, eine mit dem Südblick. Ich wartete, bis jemand das Haus verließ und huschte durch die Flurtür. 8-03, also dritte Tür im achten Stock. Mit der Himmelsrichtung war ich mir nicht so sicher. Wohnungen in diesen Häusern verliefen mitunter im Winkel. Ich lauschte. Sie hörte Radio. Im Treppenhaus rauchte ich noch eine, dann klingelte ich. Ich hörte Schritte, die Wohnungsschlüssel drehten sich, dann stand eine ältere Frau vor mir.

Ich grüßte, nannte meinen Namen und sagte, dass ich von der Schule käme.

»Ja und?«

Ich begann den geübten Text:

»Anlässlich des Todestages Ihres Mannes ...«

Sie drehte sich weg.

»Hermann«, brüllte sie ins Wohnungsinnere. »kommst du mal!«

Das Radio wurde ausgeschaltet, ein Riese in Unterhemd kam aus dem Wohnzimmer in den Flur, auf mich zu. Die Frau sah zu mir und dann zu ihm und wieder zu mir.

»To-des-tag?«, fragte sie.

Ich rannte weg.

Im Treppenhaus versteckte ich mich bei den Feuerlöschern, rauchte zwei hintereinander. Wäre die Biologielehrerin nicht auf Klassenfahrt gefahren, hätten wir keinen Ausfall gehabt, ich wäre nicht auf einem Dach gesehen worden. Ich würde jetzt mit den Hausaufgaben fertig sein und in der Badewanne liegen. Und Sabine? Wir hätten die Nummer hier ruhig zu zweit erledigen können. Ich drückte die Kippe am Geländer platt und schnipste den Stummel vom achten Stock ins Treppenhaus.

Meine Witwe wohnte also im vierten Stock. Das war nun sicher. Ich ging zu Fuß und lauschte den Hausgeräuschen. Eine Waschmaschine rumpelte, zwei oder drei Türen weiter übte jemand Flöte. Mehr war nicht zu hören an diesem Samstagnachmittag. Vierter Stock, erste Wohnung. Die Klingel zerriss die Stille. Nichts schien sich zu bewegen. Fast hätte ich ein zweites Mal den Knopf gedrückt, da begann sich die Tür langsam zu öffnen. Ich erschrak. Die Frau in dem Türspalt sah aus, als hätte ich sie geweckt. Es war kurz vor fünf. Ein süßlich-saurer Geruch wehte mir ins Gesicht. Sie mochte weit über sechzig Jahre alt sein, das Alter stimmte. Wirr hingen ihre grauen Haare. Wie lange mochte sie sich nicht gekämmt haben? Trug sie da ein Nachthemd? Kein Lächeln. Ihre Augen fixierten mich. Ich begann wieder:

»Anlässlich des Todestages Ihres Mannes erlauben wir uns, Sie, wenn Sie mögen, mit uns ...«

»Hör auf! Seit Jahren dieselbe Scheiße! Ich komme nicht! Wie oft soll ich das noch sagen!«

Sie knallte die Tür zu. Hatte ich mich verhört?

Ich flüchtete ins Treppenhaus, setzte mich auf die Steinstufen. In der Zeitung wirkten Frauen von Widerstandskämpfern gepflegt, Respekt einflößend, die schlimmen Erinnerung an den Faschismus immer wach haltend. Ich hatte mich schon auf ihrer Couch gesehen, Tee trinkend, in Fotoalben blätternd, während sie mir von ihrem ermordeten Gatten erzählte. Zack, Tür zu!

Ich könnte am Montag zum Direktor gehen und sagen, dass ich sie nicht erreicht hätte. Oder dass sie gern gekommen wäre, aber sich nicht wohl fühle. Oder dass sie eventuell komme. Oder dass sie woanders zur Gedenkfeier eingeladen sei und dankend ablehne. Oder die Wahrheit.

Putz bröckelt von der Schule. Wie damals. Nur ein paar Graffitis an der Stirnseite sind hinzugekommen. Unverrückbar die sechs Betonpapierkörbe, die unsere Schnitten ertrugen, aus denen der Wind Brotpapier fischte, über den Schulhof trieb. Bis der Zaun es wieder festhielt. Die Altbauten stehen noch. Sie wirken wie kleine Hochhäuser in diesem Viertel. Sabine hatte man oben auf dem Dach nicht sehen können. Nicht von hier.
Nur die Gedenkstele, die links vor der Schultreppe mahnte, ist nicht mehr da.

Meine Eltern hatten mich zur Wahrheit erzogen. Ich war ungeübt im Lügen. Das wusste ich damals schon, und so erzählte ich meinem Direktor, was die Witwe gesagt hatte. Es war die einzig glaubhafte Antwort. Und er kannte sie schon. Von meinen Vorgängern. Er bat mich, sie für mich zu behalten. Ich gab ihm mein Versprechen und habe nie jemandem davon erzählt. Auch Sabine nicht.

Oststifte

Im Grunde waren wir noch Kinder. Pubertierende Schüler an einer Berliner EOS, keine Teenager mit oppositionellen Gedanken, nicht die Aussteiger von morgen. Die Kaderleiter wichtiger Kombinate oder pädagogischer Einrichtungen rechneten bereits mit uns. Natürlich auch die NVA. Nach der Schule würden wir genau das tun, was der Staat von uns erwartete. Wir waren langweilige, gut funktionierende Streber. Nur ein Mal stellte einer von uns das System in Frage, im Oktober 1987.

Die Herbstsonne hatte alle nach draußen gelockt, nach einer Doppelstunde Deutsch. Meine Mitschüler liefen über den steinernen Schulhof, bissen in ihre Käsebrote, manche rauchten heimlich hinter der Turnhalle, wo unsere Lehrer sich nicht blicken ließen, weil sie selbst Ruhe suchten.

Ich war widerwillig im Klassenzimmer geblieben, musste noch Mathehausaufgaben für die kommende Stunde rechnen.

Ich hörte Schritte, ein kramendes Geräusch, sah Enno, wie er aus der Federtasche seines Banknachbarn einen roten Stift nahm und damit wegrannte.

Ennos Vater war Berufsschullehrer, seine Mutter Betriebsärztin bei der Post. Verpickelter Typ mit Nickelbrille. Kein Witze-reißer. Mathe, Chemie stand er eins. Nur seine Verpflichtungs-erklärung für den Dienst bei der Nationalen Volksarmee fehlte. Enno gehörte zu den wenigen, die noch nicht unterschrieben hatten, drei Jahre der Armee zu dienen, schon gar nicht zehn, wie sein Banknachbar. Aber da kam er auch schon zurück, schmiss den Filzstift auf den Tisch und rannte weg.

Ich rechnete weiter, als mein Banknachbar angerannt kam. »Komm!«, rief er. Ich wehrte ab, aber er meinte, ich müsse so-fort sehen, weil es jeden Augenblick später nicht mehr da sein würde.

»Was denn?«

»Los!«

Ich eilte ihm nach ins Foyer, wo unsere rote Wandzeitung hing mit dem Schulnamen, dem Vertretungsstundenplan, dem Soli-Aufruf für Kuba und dem üblichen weißen Dienstagszet-tel: »AG Schießen, 15 Uhr«.

»Und?«

Da erst sah ich das Novum. Mit rotem Stift hatte jemand zwei Buchstaben ergänzt. E und R. Nun konnte jeder lesen:

»AG Er-Schießen, 15 Uhr.«

Wir grinsten uns an, verzogen uns in eine Ecke, von wo aus wir gut beobachten konnten, wer diese Ergänzung bemerkte. Es sprach sich schnell herum. Vor dem Aushang bildete sich eine Traube, alle lasen, alle lachten. Bis Schulze kam, der Sport-lehrer, Offizier a. D. Er brauchte nichts zu sagen, wir verstummten und eilten zurück in die Klassenräume.

In der folgenden Pause war der Zettel weg.

Die AG Schießen fiel an diesem Dienstag aus, zum ersten Mal während meiner Schulzeit.

Am Mittwochmorgen warteten zwei Männer mit ernsten Gesichtern im Foyer der Schule. Sie wirkten wie große, kräftige Bauarbeiter, die man in Anzüge gesteckt hatte, mit Schlips und weißem Hemdkragen. Neben ihnen, mit hochrotem Kopf und glasigen Augen, unser Direktor. Wir mussten uns in die Klassenräume begeben und durften auch während der Pause nicht auf den Flur, unsere Deutschlehrerin ließ uns nicht aus den Augen. Wir sollten einfach ruhig sein, lesen, warten, bis die Männer zu uns in die Klasse kämen. Das dauerte. Zwei Männer für zwölf Klassen. Wir fragten warum, aber sie gab keine Antwort. Enno starrte auf sein Hausaufgabenheft, schrieb keine Zettel an Freunde, saß nur da, machte sich klein. Dann schritten die Männer durch die Tür.

Wir mussten aufstehen. Der Direktor schilderte den unerhörten Vorfall, seine Stimme klang belegt. Es sei klar, dass der Täter ermittelt und von der Schule relegiert werden müsse. Wir hielten den Atem an. Relegation, diesen Vorgang kannten wir schon von der Nachbarschule. Da hatte einer ein Gedicht über seine Zukünftige, seine neue Geliebte geschrieben, mit der er die nächsten Jahre verbringen würde: seine Kalaschnikow. Relegation, das hieß: kein Abitur, kein Studium. Relegation, das hieß vor allem: ab in die Produktion. Der Schüler der Nachbarschule war damals vom Dach gesprungen, auf den Hof, direkt vor die Autos der Lehrer. Das war erst ein halbes Jahr her.

Die Männer durchkämmten unser Klassenzimmer. Sie ließen sich jede Federtasche zeigen. Wenn sie einen roten Filzstift entdeckten, malten sie einen Strich auf einen Zettel, hielten diesen hoch und entschieden dann, ob dieser Stift die Tatwaffe gewesen sein könnte. Weststifte probierten sie nicht aus. Der Verfasser der zwei Buchstaben hatte nachmalen müssen. Blassorangenes Rot. So wie es eben aussieht, wenn ein Oststift leer und mit Essig wieder aufgefüllt worden ist. Blass Orange mit einem Hauch Essig, das suchten sie.

Jetzt war unser Gang dran. Enno sah sich um, warf allen einen Blick zu. Ich war mir nicht sicher, ob er wusste, dass ich ihn beobachtet hatte. Seine Pickel glühten. Eine Bank noch, dann würden sie bei ihm sein. Ennos Banknachbar überreichte seine Tasche. Enno hatte kein Auge für den Mann, der jetzt zu ihm kam, einfach nach seiner Federtasche griff, sie umstülpte, so dass Ennos Stifte über den Schultisch rollten und zu Boden fielen. Der andere Mann kramte, schob Stifte hin und her, kippte die Federtasche nicht aus. Dann sah er seinem Kollegen ins Gesicht, ein, zwei Sekunden. Er legte die Federmappe des Banknachbarn ab, bückte sich, um einen der heruntergefallenen Stifte aufzuheben und Enno in die Hand zu drücken. Persönlich. Auge in Auge. Dann erst ging er weiter.:

Wir durften uns wieder setzen und mussten einen Satz schreiben: »Erst Donnerstag erwischte Erna den ersten Einbrecher von Berlin.« Sieben Mal »ER«! Wir mussten den Satz fünf Mal wiederholen und mit unserem Namen unterschreiben. Unsere Deutschlehrerin sammelte die Schriftproben ein und gab sie den Männern. Als die Tür zufiel, ging sie zum Fenster, um es zu öffnen. Das Geräusch sich im Holzrahmen bewegender Scharniere, das Lösen der Gummilippen, der Herbstwind, der hörbar herein wehte, ... ihr Schluchzen. Noch immer wagte niemand ein Wort zu sagen. Wir sahen zu, wie sie weinte, wie sie sich ein Taschentuch holte, die Tränen trocknete, wieder zum Fenster ging, die Tränen laufen ließ und schwieg.

Am nächsten Morgen passierte nichts.

Am Montag darauf wurde unser Direktor krankgeschrieben, abgesetzt. Offiziell hieß es, er sei Alkoholiker. Das passte. Wir sahen ihn fast jeden Tag nach der Schule im Leierkasten. Aber betrunken habe ich ihn nie gesehen.

Nach dem Täter wurde noch ein paar Monate lang gefahndet. Immer wieder mussten wir sinnlose Sätze mit »er« schreiben oder unsere Stifte zeigen. Niemand von uns war so dumm und brachte einen alten Oststift mit in die Schule, so kurz vor dem Abitur. Warum Ennos Banknachbar den Stift an jenem Tag nicht mehr dabei hatte, ich weiß es nicht. Wahrscheinlich, weil er einfach ausgedient, eben keinen Saft mehr hatte.

Enno unterschrieb dann doch noch, drei Jahre zur Armee zu gehen. Freiwillig.

Der rote Kurt
für Gudrun

KANN MAN MENSCHEN festhalten? Mit einem Foto oder einem Text? Darüber denke ich schon den ganzen Tag nach. Ich möchte Kurt nicht verlieren.

Ein schwerer Juliregen fällt in langen Fäden auf die märkische Erde. Ich stehe mit meinem Bruder im Gartenhaus unseres Nachbarn, die Tropfen trommeln. Wir sehen uns um. Die Couch, das Bücherregal, der selbstgebaute Einbauschrank, alles hier erinnert an Kurt, den Freund unseres Vaters. Gleich werden wir zu seiner Beerdigung fahren. Ich schaue und sehe die kleine metallene Herdplatte. Hier hat Kurt im Sommer Holzleim gekocht, nach eigener Rezeptur.
Wir schließen ab und fahren los.

Auf dem Friedhof in Berlin-Friedrichsfelde stehen schon die ersten Trauergäste unter Schirmen. Ich kenne kaum jemanden, und die bekannten Gesichter habe ich lange nicht gesehen. Wir müssen warten, ich denke an die vielen Sommer, die wir zusammen verbracht haben. Ich sehe die drei Holzbungalows in Fangschleuse, die mein Vater mit Kurt und einem dritten Freund gebaut haben. Sie stehen nebeneinander auf einer Wiese am Ufer der Löcknitz. Wir Kinder tobten zwischen den Häusern und auf dem Wasser mit Luftmatratzen und wenn die Elbe, der Ausflugsdampfer kam, dann winkten wir.

Um Kurt machten wir immer einen Bogen. Wir ließen ihn und seine Frau in Ruhe. Beide waren Professoren und kamen nicht jedes Wochenende in den Garten, weil sie oft noch arbeiten mussten. Waren sie mal draußen bei uns, dann saßen sie mit großen Tageszeitungen auf ihrer Terrasse und lasen die ganz langen Artikel. Kurt konnte ohne Hilfe Textstellen unterstreichen, so dass es aussah, als hätte er ein Lineal benutzt. Er vertrödelte das Wochenende nicht einfach mit Sonnenbaden oder Höhlenbauen. Alles geschah nach einem Plan: Frühstück, Arbeit, Mittag, Mittagsschlaf, Kaffee trinken, Arbeit.

Ich beobachtete ihn von unserer Terrasse aus, weil ich wartete, dass er fertig wurde, aufstand und sein Werkzeug holte. Ich wusste, erst kommt die Arbeit, sein Schreiben an wissenschaftlichen Artikeln, die veröffentlicht wurden, und dann erst das Vergnügen, der Modellbau. Ich wartete bis Kurt die Zeitungen zusammenlegte, um Platz zu schaffen.

Wenn er aus dem Schuppen Holz holte und es aus seinem Küchenfenster süßlich roch, dann war das der Moment, in dem ich stören durfte, obwohl das nie so gesagt wurde. Ich schlenderte mehr oder weniger langsam über die Wiese zu ihm und hockte mich ins Gras neben den Bauplan, um Laubsäge, Zange oder Pinsel zu reichen.

Viel redeten wir in den Sommern nicht. Er sägte, klebte,

verglich sein Werk mit der Modellzeichnung. Und ich inhalierte den Leim. Die Amseln zogen Sommer für Sommer den Nachwuchs groß, Kurt gebar Modelle. Oft waren es Schiffe, manchmal Flugzeuge, die zwischen seinen Händen wuchsen. Sein Hantieren beruhigte mich. Trotz seiner sehr großen Finger konnte er kleine Drähte verlegen, Rädchen einstellen. Abends, wenn die Elbe schon vorbei war, ließ er die Schiffe auf der Löcknitz fahren. Ferngesteuert, sie machten kein Geräusch. Und wenn eines aus dem Sendebereich gefahren wäre, ich hätte es gerettet. Aber so weit kam es nie.

Von meinem Vater wusste ich, Kurt wäre gern Pilot geworden, oder Flugzeugingenieur. Er hätte nur in die Hitlerjugend eintreten müssen, sagte mein Vater. Das kam für Kurt nicht in Frage.

Bei dem heutigen Wetter wäre Kurt zu Hause geblieben. Wir sehen zu, wie die Pfützen vor der Trauerhalle groß werden. Ich kannte Kurt vierzig Sommerjahre, aber welche Blumen er mochte, weiß ich nicht. Ich habe mit meinem Bruder Nelken gekauft, klassisch rote. Die Friedhofsangestellte geht herum, nimmt uns die Sträuße ab. Ich will meine Blumen behalten, aber die uniformierte Frau fordert die Nelken ein und trägt sie fort. Kurt konnte uniformierte Menschen nicht leiden.

Seine Tochter erkennt mich sofort. Ein bisschen fühle ich mich wie bei einem Klassentreffen. Lange nicht gesehen. Es ist nicht der Moment, von sich selbst zu erzählen. Seine Frau ist klein, viel kleiner als früher.

Im Garten spielten wir Kinder Federball, Karten, Tischtennis, selten Schach. Manchmal, wenn uns langweilig war, durften wir mit einem Luftgewehr auf Büchsen oder auf brüllende Papierhirsche in einem Blechkasten schießen. Unser Schützenhaus befand sich unter freiem Himmel zwischen Plumpsklo und Kurts Gartenhaus. Wer den Rand des Blechkastens traf, musste damit rechnen, dass das Kügelchen zurück prallte und heiß auf der Haut brannte. Kurt mochte unsere Schießerei nicht. Es hieß, er war im Krieg gewesen. Er sagte, das ist doch kein Sport für Kinder, und gab uns Pfeile mit Metallspitzen und einen riesigen Bogen für Erwachsene. Richtig gespannt konnten wir Kinderindianer hundert Meter weit schießen. Auch das hätte ins Auge gehen können, war aber in seinen Augen weniger militärisch.

Einmal fragte ich ihn nach dem Krieg, er wich mir aus. Wenn ich groß sei, vielleicht. Kurt schien nicht älter zu werden. Er war einfach immer da, ein Hüne mit Narben am Bauch.

Jahre später, ich war schon fast erwachsen, besuchte ich ihn in seiner Wohnung in Berlin-Weißensee. Eine kleine Drei-Zimmer-Wohnung mit engen Fenstern. Wir sahen uns seine selbstgedrehten Filme an, erst schwarz-weiß, später in Farbe. Unsere Gartenlauben vor falschem Grün, Kaffeetafeln, wir Kinder mit Wasserschlauch, auf dem Fahrrad, in Gummistiefeln. Alles ohne einen Ton. Er in Badehose. Seine Augen strahlten im Schatten des Projektors. Ich habe ihn nie schwimmen sehen, obwohl wir an einem Fluss lebten.

»Ich bin jetzt groß«, sagte ich an jenem Nachmittag Mitte der achtziger Jahre.

Er erinnerte sich sofort und hielt den Projektor an.

»Mit neunzehn sollte ich zur Wehrmacht,«, erzählt er, »aber ich wollte abhauen, in die Schweiz.« Ich aß Kekse und erfuhr, Kurts Eltern und Freunde redeten ihm zu, zur Armee zu gehen, zu lernen, mit Waffen umzugehen und mit Sprengstoff. Das könnten sie gebrauchen für den Widerstand gegen Hitler.

Im Garten war abends mal von einem Nachmittag im Haus der Großmama erzählt worden. Kurts Eltern hatten in Süd-baden die KPD und später dort eine Widerstandsgruppe ge-gründet. Plötzlich kam die SA. Hausdurchsuchung. Kurt war vom Gartentisch aufgestanden und hatte vorgespielt, wie er gerade noch die Flugblätter vom Tisch riss und seiner Groß-mama unter den Rock schob.

»Und die Nazis brüllten: ›Nicht Rühren!‹ Und dann fragten sie nach dem Bild an der Wand, unseren Karl Marx, wer das sei und Oma antwortet: ›Mein verstorbener Mann!‹ «

Von meinem Vater wusste ich, dass Kurts Mutter ins KZ Ravensbrück kam, sein Vater hingerichtet wurde. Kurt steck-ten die Nazis ins Strafbataillon. Nun erzählte mir Kurt selbst, dass er einmal Geschütze und Munition vom Hinterland an die Front fahren sollte. Die Munition habe er stehen lassen. »Vergessen.«

Und während seine Frau noch einmal Tee kocht und uns eingießt, schildert er, wie ein Offizier auf ihn schießt, weil er zur Roten Armee überlaufen will. »Die Narben kennst du ja.«

In der Trauerhalle zeigt das Foto einen lachenden Kurt. Ich setze mich an den Rand, nicht zu weit vorn, aber auch nicht hinten. Wir schweigen. Ein Mann steht auf und hält eine Rede. Ich erfahre, dass Kurt nach Kurt Eisner benannt wurde. Seine Mutter überlebte das KZ, kehrte in ihre Heimat zurück, Mannheim, Stadt in der BRD. Kurt gründete die SED, blieb in der DDR.

Zu Hause, in meinem Regal steht ein Buch von Johannes R. Becher. Kurt hatte es mir zur Jugendweihe geschenkt. Seine Botschaft: Menschliche Zustände schaffen. Allen sollte es gut gehen, nicht nur einer Kaste. Das eigene Wollen hinten anstellen, für alle da sein, das sei groß. Am Nachmittag in seiner Wohnung fragte er, was ich studieren wolle und ob mein Wunsch wichtig sei für das Land. Ich wich aus. Schreiben war ja nicht wichtig. Er erzählte, dass er nach dem Krieg gern Physik studiert hätte oder was mit Flugzeugtechnik, aber die DDR brauchte Ökonomen.

Seine Träume verfolgte Professor Kurt mit einem Fernrohr aus Gusseisen. Ich hatte oft erlebt, dass er, wenn in der Luft ein dumpfes Brummen anschwoll, von seinem Tisch mit den Zeitungen aufsprang und zum Fernrohr rannte, um den Himmel abzusuchen. Und wenn er die Maschine erfasst hatte, hielt Kurt inne und verkündete laut: IL-62 oder TU 134. Er liebte die Iljuschin.

»Damit bringen wir Medikamente, Zelte und Lebensmittel nach Äthiopien!«

Ein einziges Mal haben wir uns gestritten, im Sommer 1988. Ich lernte gerade für die Prüfung in Polök, Politische Ökonomie. Kurts Spezialgebiet. Seine Frau hatte gekocht. Es gab Kartoffeln, Erbsen und Hühnchen. Wir aßen, er fragte mich ab. Ich sollte ein Beispiel für Ausbeutung schildern.

»Konkret! Heute!«, forderte er.

Und ich schilderte:

»Die DDR kauft Hühner aus der Volksrepublik China und verkauft sie weiter nach Westberlin. Für Westgeld, aber das behalten wir.«

Ich hatte Erbsen auf dem Löffel, ließ sie einzeln zurück in den Teller plumpsen.

Kurt wehrte ab. »Die Genossen werden sich schon etwas dabei gedacht haben.«

Ich legte den Löffel ab, erwähnte den Krieg in Afghanistan, wo unsere Verbündeten gegen Einheimische kämpfen.

»Da haben sich die Genossen auch was gedacht.«

»Das Sein bestimmt das Bewusstsein!«

Er war laut geworden. Kurt verteidigte die Partei, den Sozialismus, die DDR.

»Wer nicht für uns ist, ist gegen uns!«

Er hatte das große Ganze vor Augen. Ich nur die Erbsen! Wir aßen beide nicht weiter. Das Essen wurde kalt. Kurt setzte keinen Leim an, fuhr schon nachmittags zurück in die Stadt. Ich hatte sein Leben in Frage gestellt, ohne es zu kennen.

In der Trauerhalle wechseln die Redner. Zum ersten Mal höre ich, dass Professor Kurt die Humboldt Universität in den 60er Jahren nicht freiwillig verlassen hat. Ich sehe meinen Bruder erstaunt an. Wusstest du das? Die Partei hatte Professor Kurt zur Gewerkschaftshochschule »Fritz Heckert« in Bernau delegiert. Als Leiter des Informations- und Archivwesens ging er in Rente. Jetzt weiß ich, er hat sich mir damals im Garten nicht anvertraut, wahrscheinlich, weil ich für ihn immer noch zu klein war. Dabei hätte ich seine Lebenserfahrung im Herbst 1989 gut gebrauchen können, sein Wissen vom Gruppengründen und Geheimhalten, vom Flugblattdrucken und Verteilen. Damit es allen gut geht, nicht nur einigen. Wollte er mich schützen? Der Redner betont, Kurt habe die Wiedervereinigung so nicht gewollt. Kurt hätte mir nicht geholfen.

Jetzt wird Trauermusik für Kommunisten vom Band abgespielt. Der Redner verbeugt sich und geht zurück an seinen Platz. Wir schweigen, lauschen der Musik. Langsam stehen die ersten auf, verneigen sich, gehen an Kurts Foto vorbei. Auch mein Bruder und ich folgen dem Urnenträger nach draußen. Kurt wird bei den Verfolgten des Naziregimes begraben. Ein reservierter Ehrenplatz in Berlin-Friedrichsfelde. Nun ruht er unter Gleichgesinnten. Wir sind viele. Sogar das Bezirksamt schickt einen Mitarbeiter vorbei mit Blumen. Kurt wurde 91. Über Politik haben wir nie wieder gesprochen.

Wir fahren zurück in den Garten, den Kurt nach der Wende nur noch selten besucht hat. Seine Schiffe und Flugzeuge hat er an uns Kinder verschenkt. Ich bekam Pfeil und Bogen und das hell lackierte Holzboot mit den weißen Segeln. Mehr hat sich im Garten nicht geändert.

Aber in der Welt: Meine Erbsen kommen jetzt aus Italien, unser Land exportiert Waffen nach Nordafrika und in Afghanistan verteidigen im Moment deutsche Soldaten den Weltfrieden. Politische Ökonomie.

»Das Sein bestimmt das Bewusstsein«, würde Kurt sagen.

Reibungslose Bereitstellung

Im April 1987 schickte mich der Berliner Verlag für eine Woche ins Reichsbahn-Ausbesserungswerk, kurz RAW. Ich sollte dort für die Werkszeitung schreiben, die dafür zuständige zweite Kollegin war zur Kur. Die Räume der Redaktion lagen im Keller, unter den Büros der Betriebsleitung, muffige Buchten ohne Tageslicht. Christa, die Chefredakteurin des Sprachrohrs, so hieß die Zeitung, war wie ihr Büro: klein und fahl. Ich mochte mir nicht vorstellen, dass sie seit ihrem Abschluss an der Uni hier arbeitete. Ein Erdloch. Vor dem Lüftungsfenster schlurften die Füße der Arbeiter, die zur Schicht gingen oder das Werk verließen. Es würde eng werden hier zu zweit, aber Christa freute sich über mich, die Abwechslung. Ich würde der Zeitung sicher gut tun.

Ich schaute mich im Keller um. Wie sollte ich über Arbeiter schreiben, wenn man nur deren Schuhe sah? Christa zeigte mir den Betrieb, die Hallen, die Kräne mit ihren Laufkatzen, die Rangierkreisel. Überall lagen Hülsenpuffer, die sonst Eisenbahnwagen voneinander trennten. Im RAW Franz Stenzer wurden Waggons ausgebessert, die durch Unfälle nicht mehr verkehrstüchtig waren. Offenbar ereigneten sich auf den

Schienen, die unsere Bezirke miteinander verbanden, viele Verkehrsunfälle. Das Gelände hinter den Werkhallen mündete in ein Delta aus Gleisen, voll mit verbeulten Zügen. Ein Waggon nach dem anderen rollte über die Weichen. Die Männer hier schwangen riesige Vorschlaghämmer gegen das Metall, um Beulen platt zu klopfen. Aufgerissene Wände wurden mit Eisenplatten verschweißt.

»Pflaster wie beim Arzt«, schrie Christa.

Ich wollte wissen, wie es ist, mit einen Hammer gegen die Beulen in den Waggons zu schlagen. Aber ich durfte nichts anfassen. Wir sprachen kaum. Es war zu laut.

In der DDR war es verboten, Gleise und Bahnanlagen zu fotografieren. Ich würde trotzdem meine Kamera mitbringen. Hier wimmelte es an Motiven. Stahl war wertvoll. Neue Waggons konnte sich mein Land nicht leisten. In jeder Halle verrieten weiße Kreidezahlen auf schwarzen Tafeln, welche Abteilung seit Januar wie viele Waggons gerettet hatte. Eintausend Waggons in einem Jahr sollten es werden, so der Plan. Egal, welche Mühe sich die Männer hier gaben, es blieben Rostlauben, durch die das Kalisalz weiter auf die Schienen rieseln würde.

Der Werkleiter rief mich an, begrüßte mich und bat: Ich solle möglichst viel schreiben, um Christa zu entlasten.

Noch am selben Tag schickte sie mich in die Kantine zur Vertrauensleutevollversammlung, kurz VVV. Die Männer nahmen mich gar nicht wahr. Sie saßen mit ihren Ärschen auf verschiedenen Tischen und schrien sich an. Es war Anfang April und schon jetzt war klar, dass die RAW-ler ihren Jahresplan nicht erfüllen würden. Schuld sei der Abteilungsleiter Materialbestellung, der wies die Vorwürfe von sich, die staatlichen Planauflagen für das Jahr 1987 seien ihm erst im Dezember 1986 übergeben worden.

»Ihr wisst doch, dass ich achtzehn Monate vor Planbeginn Bestellungen auslösen muss!« Und dann betonte er mit hochgezogenen Augenbrauen jede Silbe:

»Um die allseitige materielle Sicherung der Produktion zu gewährleisten. All-sei-tig!«

Ich rechnete und kam auf den Sommer 1985, da hatte ich zum Ende der elften Klasse mit Gasmaske im Rahmen der Zivilverteidigung durch den Anton-Saefkow-Park rennen müssen. Für mich war das eine Ewigkeit her. Ich machte mir Notizen. Ein Arbeiter sprang vom Tisch und eilte auf den Abteilungsleiter für Materialbestellung zu.

»Das kannst du dir doch denken!«

Der Materialbesteller stand nun auch auf und boxte den Kollegen einen Schritt zurück. Sie standen mit erhobenen Fäusten voreinander:

»Was denkst du, was ich so alles bestelle?«

Er sprach jetzt betont bürokratisch. Ich machte mir Notizen. »Die vom Maschinenbauhandel schicken erst jetzt zwanzig Prozent meiner Bestellung von 1985. Und wenn ich protestiere, dann verweisen sie auf unsere Verpflichtung zur Klärung der Probleme im Rahmen einer eigenverantwortlichen Lösung. Heißt: baut euch die Teile selbst!«

»Genossen, ruhig«, sagte jemand.

Schweigen. Der Kollege ging zurück zu seinem Tisch, auch der Materialbesteller setzte sich wieder. Der Vorsitzende der Vertrauensleutevollversammlung versprach, mit dem Direktor zu reden. Der Plan müsse korrigiert werden. Nach unten!

Zurück im Erdloch tippte ich den Artikel. Hier im Werk wusste jeder, was los war. Ich zitierte alle, ließ nichts aus. Christa las, legte den Artikel ins Fach »Abnahme«, schwieg.

Am kommenden Tag schickte sie mich zu einem noch sehr jungen Brigadier. Statt gleich loszulaufen, las ich das Neue Deutschland. Michael Gorbatschow hatte sich geäußert. Eine lange Rede. Die Maßnahmen in seinem Land seien nicht auf andere Länder anwendbar. Ich konnte förmlich hören, wie unsere Staatsmacht aufatmete. Und meine Kollegen im Berliner Verlag hatten diese Rede treu kommentiert. Perestroika – bräuchten wir nicht. Wir hatten unser Land bereits in den siebziger Jahren reformiert.

Vor Christas Augen schmiss ich die Zeitung in den Papierkorb. Ich hätte Heulen können. Christa holte das Organ der SED aus dem Papierkorb, glättete die Seiten und legte die Zeitung zu den anderen. Nächste Woche sollte das Sprachrohr erscheinen. Sie mahnte zur Eile.

Ich traf mich mit dem Brigadier von der Fließtaktstraße zweihundertdreizehn. Kaum saß ich in seinem Büro, begann er zu diktieren:

»Mit Stolz kann ich auf unserer Rechenschaftslegung kundtun, dass wir im ersten Quartal unseren Plan mit einem Güterwaggon auflaufend erfüllt haben.«

Er war irritiert, als ich nicht mitschrieb.

»Komm, mach hinne!«

»So redet doch kein Mensch.«

Er stand auf, suchte Zigaretten in seiner blauen Arbeitsjacke und rauchte.

»Beim Sprachrohr schon.«

»Ein Waggon klingt irgendwie wenig.«

Er zeigte mir einen Vogel und diktierte einfach weiter:

»Es gehörten aber viele Anstrengungen dazu, um dieses Ziel zu erreichen. So wurden von unserem Kollektiv bis Ende März achtzehn Sonderschichten gefahren, um dieser Aufgabenstellung gerecht zu werden.«

Er stockte und sah mich an:

»Achtzehn Sonderschichten! Achtzehn! Seit Januar. Und da war noch nicht mal einer krank. Hast du das?«

Ich rechnete, wenn jeder Monat vier Wochenenden hatte, dann waren das zwölf Sonnabend-Schichten und sechs Sonntage.

Ich legte meinen Notizblock weg, stellte Fragen. Der Brigadier verfügte offiziell über ein vollständiges Kollektiv. Seine Kopfzahl stimmte, zehn Männer. Doch statt Facharbeiter hatte er den lahmen Rest bekommen, Lohngruppe sechs. Ungelernte Hilfsarbeiter mit vielen UFs in den Akten. Für unerlaubtes Fehlen.

»Aber ihr habt doch Produktivlöhne eingeführt?«

»Ja. Dreißig Mark am Monatsende mehr, davon kannste dir die Wochenenden nicht zurückkaufen.«

Er drückte seine Kippe aus und diktierte wieder. Ich schrieb mit: »Oft bereiten uns aber auch die Querschnittsabteilungen Sorgen. Waren es in der Vergangenheit GBS-Türen, sind es heute die Schieber, wobei ich nicht verschweigen will, dass wir sorgfältiger mit dem Material umgehen müssen. Unsere Zielstellung ist, den Jahresplan zu erfüllen. Aber das kann nur erreicht werden, wenn das gesamte Werkkollektiv gemeinsam mit uns die anliegenden Probleme löst. Ende. Viel Spaß beim Abschreiben.«

Zurück im Keller sah ich auf meine Mitschrift. Initiativmonat März. Achtzehn Sonderschichten in zwölf Wochen. Das brauchte ich gar nicht erst zu tippen.

Christa aber hatte nur ein Ohr. Sie konzentrierte sich auf das Huschen. Ich kannte dieses Geräusch nicht, nahm aber wie sie die Füße vom Kellerboden und stellte sie auf den Papierkorb. Auch eine Arbeitstasche mit den Stiften legte ich neben die Schreibmaschine auf den Tisch. Dann sah ich die erste Ratte meines Lebens durch den Raum huschen, gefolgt von einem Rudel Nachwuchs. Kleine blinde Flitzer. Ich fotografierte sie nicht. Zu schnell, zu eklig.

Ich versuchte, anhand meiner Notizen einen Bericht über die Fließtaktstraße zweihundertdreizehn zu schreiben. Christa tippte an einem Artikel über den Frauennachmittag. Sie schilderte das Grün der kubanischen Palmen:

»Kuba. Erinnerungen der Aktivistin Elke an ihre Auszeichnungsreise mit dem Motorschiff Arkona.«

Wer das las, wusste: Überstunden machen lohnt sich. Zwischendurch lauerte Christa mit einem Spaten vor dem Regal und erwischte manchmal den Schwanz. Draußen schien die Frühlingssonne auf die Fabrikmauern. Das Thermometer zeigte zwanzig Grad. Im Keller blieb es feucht. Wir hockten in Strickjacken unter Neonlicht, tippten Texte.

Am dritten Morgen fand ich einen Zettel auf meiner Schreibmaschine: »Elf Uhr im Büro der Werksleitung. Der Chef will dich sprechen. C.«

Ich kochte Kaffee und überlegte, ob es ein angenehmer Termin werden würde. Meine Woche hier war bald vorbei. Vielleicht ein Abschiedsgespräch?

Das Büro des Direktors für Produktion war größer als das Büro meines Chefredakteurs im Berliner Verlag. Als ich eintrat, saß er gut zehn Meter von der Tür entfernt an seinem Schreibtisch und blätterte ein paar Schreibmaschinenseiten durch. Ich war unsicher und zögerte. Sollte ich auf ihn zu gehen, ihm die Hand reichen? Oder besser hier am Eingang stehen bleiben? Er bedeutete mir mit einem Winken näherzukommen, ließ die Seiten nicht aus den Augen. Ich stand vor ihm und erkannte meine beiden Texte. »Ich habe das mal mit meiner Sekretärin zusammengefasst, ein wenig überarbeitet und denke, dass wir das jetzt so drucken können.«

Er schob mir die Artikel über seinen Tisch zu. Ich bückte

mich, griff sie und überflog. Sie lasen sich wie ein Parteiprogramm aus der Zeitung. Keine Menschen, kaum Verben, dafür unzählige Substantive, Wörter, die auf -ung endeten. Maßnahmen zur sozialistischen Rationalisierung, Verpflichtung, hundertprozentige Erfüllung, Verantwortung zur Vorbereitung und Durchführung der Beschaffung.

»Wir, die Mitglieder der Fließtaktstraße zweihundertdreizehn, sind weiterhin bemüht und versichern, unseren Arbeitsplatz zu einem Kampfplatz für hohe Leistungen und Friedenssicherung zu machen.«

Darunter mein Name. Ich schüttelte den Kopf und legte ihm beide Artikel wieder hin.

»Das ist nicht von mir.«

Genervt warf er seine Brille auf den Tisch und lehnte sich zurück. Wie lange ich im Betrieb sei? Eine Woche. Die Zeitung würde auch andernorts gelesen werden. Wir müssten Rücksicht nehmen. Werkinterna gehörten nicht gedruckt. Betriebsgeheimnis! Ich rührte mich nicht, hielt seinen Blick aus.

»Das erscheint genau so!«

»Aber nicht in meinem Namen.«

Die Sekretärin kam rein, der Minister für Verkehrswesen sei jetzt erreichbar.

»Stellen Sie durch!«

Der Direktor winkte mich aus dem Büro.

»Daran gewöhnt man sich«, sagte Christa im Keller zu mir. Ich knallte mit der Tür, wollte nach draußen.

Christa kam mir nach. Ich blieb vor der Treppe stehen. Sie nahm ihre Lesebrille ab und fuhr mich an:

»Es gab hier mal eine Abteilung, die sollte den Titel Kollektiv der sozialistischen Arbeit bekommen. Da hängt Geld dran. Aber der Brigadier hat es abgelehnt, weil alle nur Murks machten. Ich habe darüber geschrieben.«

»Und dann?«

»Dann hatte ich ein Parteiverfahren. Alle haben gegen mich gestimmt, auch die Arbeiter aus der Abteilung. Es sei so nicht gewesen, ich hätte da etwas falsch verstanden. Der Brigadier, der hat geschwiegen und noch im selben Monat das Werk verlassen. Seitdem liest der Direktor hier Korrektur. Ich lebe allein, habe zwei Kinder, eine familienfreundliche Arbeitszeit. Ich bin in Berlin und nicht in Stendal oder Dippoldiswalde. Man gewöhnt sich an die Korrekturen des Chefs.«

»Verstehe«, sagte ich. »Hauptsache Berlin!«

Christa drehte sich um, lief den Flur entlang, zurück zur Schreibmaschine. Keller-Stille. Von draußen prallten die Vorschlaghämmer gegen Metall. Dann hörte ich wieder ihr Tippen.

Nachts träumte ich von einem Mann mit Brille, der mir diktierte: »reibungslose Bereitstellung«, »kontinuierliche Planerfüllung«. Beim Tippen blieb ich hängen, fand das »L« auf der Tastatur nicht, der Mann schimpfte. Ich wurde wach, merkte, dass mein Nachthemd nass vom Schweiß war. In vier Monaten würde ich Journalistik studieren. Nach dem Studium irgendwo in der Republik eingesetzt werden, Dippoldiswalde.

Stendal. Hoffentlich im Berliner Verlag. Vielleicht in einer Betriebszeitung. Hauptsache Berlin.

Christa gab mir für den Rest der Woche frei. Ich packte meine Stifte und das Notizbuch ein. Das Sprachrohr erschien mit den Artikeln, aber ohne einen Namen.

Schwarzweiß

Auf einige Dinge im Leben ist Verlass. Der Mond dreht sich um die Erde, Ende Juni werden die Tage kürzer und im Herbst steht der Hering vor Hvide Sande. Die Robbe muss nur noch ihr Maul aufreißen und zuschnappen. Seit wir reisen können, mögen wir Jütland, den Sand der Dünen, den weiten Strand mit seinen Bunkern. Jedes Jahr im Oktober fahren wir mit zwei anderen Familien aus Berlin eine Woche an die Dänische Nordsee, um unsere selbstgebauten Hakenpilker in die Fahrrinne zu werfen und mit kalten Händen den Fisch an Land zu ziehen. Verlässliche Gewissheit: Der Winter wird kommen, aber wir haben ja uns. In diesem Herbst kennen wir uns fünfundzwanzig Jahre.

Ein paar Wochen vor der Abfahrt digitalisierte ich am Scanner alte Negativfilme. Ich hatte Ende der achtziger Jahre kein Geld gehabt, um die Filme zu entwickeln. Heute übernahm das ein kleiner Plastekasten. Ich musste die Motive im Computer nur noch sortieren, betiteln und auf eine CD brennen. Unser Picknick in Potsdam 1988. Einer der Jungs hatte damals einen Trabi leihen können. Das Foto zeigt schwarz-weiß, wie wir gestikulieren. Ich glaube, wir diskutierten damals, wann wer von uns einen Wartburg oder gar Lada besitzen würde. Mit vierzig oder fünfunddreißig vielleicht. Das hat uns sehr beschäftigt. Unser Handwerker würde der Erste sein. Er konnte Waschmaschinen und Kühlschränke reparieren, bekam Trinkgeld. Manch einer seiner Kunden bezahlte die Verkürzung der Wartetage mit West. Ich studierte damals was mit Schreiben. Auto aussichtslos. Es gab Sekt und Salami auf grauem Gras. Die nächsten Filme: Finnhüten vor Eisenhüttenstadt. Wochenendausflug am See. Wir im Fichtelbergzelt, auf dem Benzinkocher ein Blechtopf, daneben Tassen. Skifahren im Rila-Gebirge. Während der Scanner summte, erinnerte ich mich an den strömenden Regen, der den Schnee schmolz. Ich erkannte meine Lieblingsjacke, die vor Nässe troff. Was waren wir dünn bekleidet, dürr, aber reich an schulterlangen Locken.

An jenen Abenden vor dem Urlaub stellte ich mir vor, wie wir durchgefroren nach dem Angeln am Kamin sitzen würden. Wie immer. Nur in diesem Jahr würde ich mit dem Beamer zum ersten Mal diese Fotos zeigen. Drei Mädchen in gestreiften Pullovern und engen Jeans hocken auf dem Parkplatz in Niemegk vor einem Trabant. Wir wechselten den Keilriemen. Von wem kam eigentlich die Strumpfhose?

Eine Woche vor Abfahrt beginnen mein Mann und ich zu packen. Aus Vorfreude. Die Anrufe der Freunde häufen sich. Wir leben in einer anderen Stadt, haben uns durch die gemeinsamen langen Urlaube im Sommer und im Herbst nicht aus den Augen verloren. Nur unser Stammplatz am Donnerstagabend in der Eckkneipe ist vergeben, an Fremde. Ja, wir würden Fleisch mitbringen zum Grillen. Und den Köcher! Und die Kühlbox. Und den Vakuumierer. Wir waren von Jahr zu Jahr anspruchsvoller geworden. Oder sorgsamer? Der Hering sollte nicht verderben. Wir wurden Packprofis im Gruppenreisen. Ja, Gulaschkessel, scharfe Messer …

Endlich Freitagabend. Das Auto steht gepackt vor unserem Haus. Ich gieße die Blumen, bringe Müll raus und schenke meinem Mann ein Buch, und er hat für mich auch eines besorgt. Unser Urlaubsritual. Alles würde so werden wie jedes Jahr.

Um fünf Uhr fahren wir los. Unsere Freunde aus Mitte hatten sich ein neues Auto gekauft. Nur wir haben es noch nicht gesehen. Rot soll es sein. Gegen sieben Uhr sind wir im Norden von Berlin. Jetzt könnten wir an ihnen vorbeifahren. Wir halten Ausschau. Auch unsere Kinder suchen. Da – ein Audi!

Wir geben Lichtzeichen. Es sind die anderen, die Familie aus Lichtenberg. Ihr Wagen hängt aber tief, tiefer als sonst. Was sie wohl mithaben? Ich habe keinen Verdacht, bin arglos. Wir rufen uns an, verabreden eine Pause an der nächsten Tankstelle. Ich tastete nach dem Fotoapparat im Rucksack. Gleich werden sich die Kinder wieder begrüßen. Sie sind zwischen zwölf und vierzehn. Jedes Jahr brauchen sie ein bisschen länger, um miteinander warm zu werden. Es hilft auch nichts, wenn wir Eltern sagen, dass sie früher in einer Wanne nackt badeten. Ich wollte ihr verlegenes Stehen auf dem Parkplatz fotografieren. Für zukünftige Fotoabende. Wer diesen Herbst wohl der Größte ist? Die Mädchen würden meinem Sohn auf die Stirn starren und jene Narbe suchen, die er sich beim gemeinsamen Toben auf der Fähre zwischen Genua und Livorno zugezogen hatte. Weil kein Arzt an Bord war, haben wir sie selbst verklebt. Ich machte auf dem Schiff ein Gruppenfoto, bevor wir blutverschmiert von Bord gingen. Das war im Sommer 2001. Auch dieses Bild werde ich zeigen.

Noch 500 Meter bis zum Rasthof. Blinken. Bremsen. Parken. Handbremse. Das neue Auto ist schon da. Wir parken nebeneinander, umarmen uns nacheinander. Ich erlebe alles in Zeitlupe, sehe mich zu den Lichtenbergern gehen, nehme wahr, dass neben ihnen noch ein Auto hält. Die Türen gehen auf und ich erkenne einen Berliner Arbeitskollegen und zwei bekannte Gesichter. Die anderen kenne ich gar nicht. Nie gesehen. Zufall? Um diese Zeit auf diesem Rastplatz? Hoffentlich Zufall. Sie begrüßen uns wie alte Bekannte. Ob wir auch die Angeln mithätten? Alle? Ja. Dann reicht es ja für jeden, stellen sie fest. Mein Mann und ich wechseln Blicke. Ein Mädchen bemerkt, dass die Narbe kaum noch zu sehen ist. Je größer der Nischel, desto kleiner die Sichel. Alle lachen. Die Rauchpause ist kurz. Wir steigen ein, fahren weiter und schweigen uns an. Ein, zwei Kilometer. Wusstest du? Nicht wirklich, sagt mein Mann. Ich hätte stutzig werden müssen, als es hieß, wir sollten viel Fleisch mitbringen, so für fünfzehn Leute. Ich zähle nach, wer war aus welchem Auto ausgestiegen? Wir waren vier Erwachsene und ein Kind mehr. Du wurdest nicht gefragt? Mein Mann schüttelt den Kopf. Ich auch nicht.

Zwei Stunden fahren wir. Plötzlich habe ich das Gefühl, dass es unseren Freunden gar nicht wichtig ist, ob wir dabei sind. Ich beginne in »die«-und-»wir«-Kategorien zu denken. Warum sind die mit? Vielleicht sind wir ihnen zu langweilig geworden? Sicher. Warum sonst sollte man mit noch mehr Menschen verreisen? Sie haben ein Drittel aufgestockt. Ich bemerke, dass ich eifersüchtig werde. Wir hätten nicht wegziehen dürfen, denke ich. Wir fahren Kolonne, sind das letzte Auto und fühlen uns auch so.

Unser Ferienhaus hat zehn Betten. Die anderen haben das Nachbarhaus gemietet. Alle Lebensmittel kommen in unsere Küche, weil sie größer ist. Und an unserem Küchentisch ist Platz für fünfzehn. Die Kinder stürzen in den Pool. Entspanntes Lachen. Ein Weinkorken schnipst. Bierdeckel fallen auf die Küchenplatte. Prost. Wir sehen uns in die Augen. Meine Freunde bemerken meine Betroffenheit. Wird schon werden, versuchen sie mich zu beruhigen. Es sind doch nur ... Ich höre die Namen nicht, gehe in unser Schlafzimmer und beziehe die Betten. Ich höre das Rollgeräusch der Terrassentür, schaue und sehe, sie stehen draußen bei den anderen und rauchen.

Meine Freunde sind mir wichtig, gerade jetzt, wo wir in einer anderen Stadt wohnen. Meine erste Zigarette habe ich mit ihnen geraucht. Das war 1984 auf einem Zeltplatz in Mirow an der Müritz. Damals haben wir die Nacht durchgemacht. Wer am längsten wach blieb, würde der Held sein. Mit einer Zigarette war es leichter.

Als die Mauer fiel, haben wir zusammen nach dem Begrüßungsgeld angestanden und uns danach die angrenzenden Straßen angesehen, einen Flohmarkt entdeckt und gegenseitig auf unser Geld aufgepasst. Wir haben ausgerechnet, was man wo alles kaufen könnte von den einhundert Mark. Und was alles nicht. Mein erstes hanuta haben wir uns geteilt. Mit der Dämmerung sind wir zurück in unser Viertel. In die Disko unterm Fernsehturm sind wir nicht mehr reingekommen, aber in die Disko im Kino International. Was haben wir diskutiert, was sich jetzt alles ändern wird und was das für uns bedeutet. Wie teuer würde das Leben werden und würde uns das neue Geld verändern?

Im folgenden Sommer kürzten sich die Männer die Haare im Nacken und wir Mädchen rasierten uns die Beine. Es wimmelte von Witzen über uns Ossis, die uns kränkten. Jeder einzelne. Wer wird schon gern belächelt? Wenn wir uns abends trafen, dann bestätigten wir uns in Geschichten über die zweite Garnitur, die unsere Ausbildungsbetriebe übernahm, aber lieber in Berlin-West schlief. Sicher ist sicher. Musste man vor uns Angst haben? Diese Abende hatte ich nicht fotografiert, aber unsere erste Skireise nach Österreich und später die Kinder im Wagen, auf Skiern, auf dem Fahrrad.

An diesem ersten Abend im Ferienhaus kochen wir Nudeln. Witze kreisen, Kinofilme werden nacherzählt und verhindern, dass ein Gespräch entsteht. Ich gebe vor, Halsschmerzen zu haben. Ich solle fernbleiben, meine Freunde fürchten sich anzustecken. Früher haben wir Windpocken getauscht und später, als die Mädchen Läuse hatten, war das kein Grund für uns das Weite zu suchen.

Noch während die anderen essen, ziehe ich mich zurück in unser Schlafzimmer, dessen Wände mit Kiefernholz verkleidet sind. Mein Blick wandert über die Astlöcher. Vielleicht ist das heute in Berlin so, dass man in die Runde sagt: Wer mitkommen will, kommt mit? Aber ich mag im Urlaub keine anderen Menschen kennenlernen. Ich möchte die wenigen Tage mit den Freunden verbringen. Als die Nacht gegen die Fenster drückt, packe ich meine Tasche aus. Zwischen den Pullovern steckt die Foto-CD. Ich drehe sie in den Händen. Mein Titelbild zeigt ein Gruppenfoto von 1989. Damals suchten wir sechs noch nach dem Mann oder die Frau fürs Leben. Mitte der 90er Jahre haben wir uns selbst geheiratet, drei Ehen, aber das habe ich, als ich uns im Foto festhielt, nicht geahnt. Ich lasse die CD in der Tasche. An diesem Abend fühle ich mich wie aus dem Bild gefallen, gehe vor den Kindern schlafen.

Beim Frühstück geht es um den Mann einer Freundin, den alle am Tisch kennen, nur wir Leipziger nicht. Ich versuche, mir ein Brötchen zu schmieren, soll aber ständig etwas reichen. Butter, Salz, den Schinken. Vierzehn Leute an einem Tisch werden satt. Mir fehlt die Ruhe und auch die Lust zum Essen. Warum ich so still bin? Dann will ich etwas erzählen, aber bevor ich den ersten Satz vollende, kreist schon wieder ein Witz über jemanden, den ich nicht kenne. Ich war nicht schnell und nicht laut genug.

Im Zimmer denkt mein Mann über Abreise nach. Auch er hat sich den Urlaub anders vorgestellt. Denk doch mal an die Kinder, wie schön sie gerade im Pool toben, höre ich mich sagen und greife nach Handtüchern.

Beim Abwaschen zu zweit bin ich meiner Freundin mal ganz nah. Und bei Euch? Gibt's was Neues? Es klopft. Die Anderen stehen auf der Terrasse vor der Glastür, wollen los zum Angeln und beenden ein Gespräch, das noch nicht begonnen hatte.

In den nächsten Tagen pilken die Männer im Hafen von Hvide Sande und holen Heringe aus den Tiefen der Dänischen Nordsee. An Land plätschert das Gespräch seicht vor sich hin. Wie die Tage zuvor. Das Leben kann so banal sein. Bin ich meinen Freunden zu ernst geworden? Der Hering lenkt ab. Wir Frauen müssen sie putzen, ausnehmen, vakuumieren, einfrieren. Alles wie immer, nur mehr. Es soll ja jetzt für fünf Familien reichen. Ich hole mir noch ein Bier. Als ich zurückkehre, reden die anderen darüber, wer hier wie viel isst und trinkt. Geld hatte in all unseren Urlauben nie eine Rolle gespielt. Ich bin Allergikerin, vertrage keine Milch, esse nur wenig Salat, keine Wurst, selten Schokolade, dafür Fleisch. Wir wussten aus vergangenen Jahren, es gleicht sich im Laufe der Woche aus. Jetzt geht es um ein paar Euro. Die anderen hatten ihren Wein mitgebracht. Das Bier für mich und die Männer wurde hier gekauft. Sie rechnen.

An diesem Abend möchte ich fahren, aber mein Mann sagt, ich solle an unsere Söhne denken. Sind doch nur noch zwei Tage.

Am letzten Tag lege ich zwanzig Euro extra auf den Tisch und will von dem Geld auch nichts mehr wissen. Ob ich nicht ein Gruppenfoto machen wolle? Ich gebe vor, dass mein Apparat nicht funktioniert. Leider.

Beim Abschied auf einem Parkplatz im Norden von Berlin sagen die anderen: Man sieht sich. Wir schweigen, steigen in unser Auto und fahren weiter nach Süden. Ich sehe die Leitplanken und denke, Freundschaften können jung und alt sein, sogar dick. Aber dünn? Dünne Freundschaften gibt es nicht. Niemand kann sie festhalten. Auch kein Foto.

Die CD habe ich nicht gezeigt. Sie liegt auf meinem Schreibtisch, zwischen Tastatur und Maus, oft im Weg, hindert mich am Vergessen. Ein Staubfänger! Platzlos. Alter Scheiß! Es hätte etwas endgültiges, wenn ich sie wegräumen würde. Ich könnte sie kopieren und zu den anderen nach Berlin schicken, irgendwann. Oder warten, dass unsere alten Freunde mal Zeit finden, uns zu besuchen. Eines Tages.

Es gefällt uns hier

DER ANFALL KOMMT beim Packen. Meine erste Auslandsreise allein mit den Jungs, ohne die Freunde. Was mitnehmen? Sonnencreme! Die Erinnerungen wachsen wie der Wäscheberg. Zuerst ganz klein ist der Gedanke an unsere Telefonate vor zwei Sommern. Die Abstimmungen mit den Freunden, die damals noch mitfuhren. Du die Großpackung, wir das Angelzeug. Messer nicht vergessen. Wir bringen den riesigen Topf mit. Ja, Luftmatratzen haben wir selbst, ja die Tauchbrillen auch. Ritualgespräche, seit wir reisen dürfen.

Dieses Mal rief niemand an. Ich muss mich auch mit niemandem abstimmen, obwohl ich es gern getan hätte. Meine Freunde haben es sich leicht gemacht, sie sind zum zweiten Mal ohne uns in den Urlaub gefahren, in ein Haus irgendwo in Südfrankreich.

Ich wollte den Sommer auf keinen Fall allein verbringen wie letztes Jahr und schon gar nicht zu Hause. Verzweifelt habe ich eine Pauschalreise gebucht, Mallorca, Hotelurlaub für drei. Mit meinen Söhnen, ohne Mann.

Ich hocke zwischen Reiseführern, Impfausweisen und T-

Shirts. Ausgerechnet Mallorca, wo wir das letzte Mal gemeinsam im Urlaub waren. Ich will nicht weinen.

Kurz vor halb vier. Der Dönermann im Eckladen säbelt
Fleischstückchen, obwohl um diese Uhrzeit niemand auf der
Straße unterwegs ist. Das Taxi kommt tatsächlich pünktlich.
Wir schaffen es ohne Stau zum Flughafen.

»Gate D«, sage ich, »Air Berlin.«

Der Fahrer meint, Air Berlin fliege immer Gate C ab. Ich
glaube dem Internet mehr als ihm, muss die Koffer vom Gate
D zurück ins andere Terminal ziehen. Meine Söhne werfen mir
einen ihrer typischen Blicke zu.

Früher hat sich mein Mann um diese Dinge gekümmert.
Ich hatte genug mit mir zu tun, mit meiner Flugangst. Jetzt
nicht an solche Details denken. Im Flieger sitzen wir zweite
Reihe. Ich darf mich nicht umdrehen. So viele Menschen. Es ist
eng und so friedlich. Der Himmel reißt auf. Der Flugkapitain
schließt die Tür zum Cockpit. Ich verfolge die Anweisungen
des Rettungsfilms. Schwimmwesten werden immer zuerst
geklaut, gerade auf dem Flug zum Ballermann, das weiß ich
von einer Stewardess. Ich schließe die Augen, das Flugzeug
hebt ab, junge Männer mit Armeefrisuren johlen, kaum auf
Reiseflughöhe, müssen sie auf die Bordtoilette.

Im Hotel verrät unsere weiße Haut, dass wir die Neuen sind.
Wir bewegen uns unsicher zwischen den Liegen am Pool. Keine ist frei, obwohl niemand auf ihnen liegt. Überall Handtü-

cher und kleine private Dinge, die *Revier besetzt!* signalisieren: eine Tageszeitung, Sonnencreme, ein Buch. Wir springen ins Wasser, tauchen, spritzen. Es ist Mittagszeit. Plötzlich bin ich sehr müde, gehe zurück auf unser Zimmer, lege mich auf das Bett: Geschafft, denke ich, und sinke in einen traumlosen Schlaf.

Den ersten Nachmittag vertrödeln wir außerhalb der Hotelanlage am Meer. Ich liege auf einer Matte in angemessener Distanz zu den Handtüchern und Sonnenschirmen der anderen, nicht zu weit vom Wasser entfernt. Es ist laut wie in einem Spaßbad. Ich ertappe mich dabei, meinen Mann anzustoßen, weil ich ihm von einer Erinnerung erzählen will.

»Weißt du noch?«, sage ich und mein Arm berührt die Luft neben mir. Ein Fremder schaut mich an.

»Bitte?«

Ich entschuldige mich und drücke mir den Sonnenhut etwas tiefer ins Gesicht.

Das Hotel besteht aus Drei-Etagen-Bungalows. Zwei Räume, Küchenzeile, Bad gehören zum Appartement 6106. Ich habe das Zimmer mit dem Doppelbett. Meine Bücher besetzen die leere Hälfte. Hellhörig ist keine Beschreibung für die Wände. Immer schabt irgendein Plastikstuhl auf den Fliesen, geht die Toilettenspülung oder der Wasserhahn meiner Nachbarn neben und über mir. Nachts weckt mich ein Streit. Ich will nicht verstehen, worum es geht. Haben wir uns gestritten? Wann und warum? Ich sehe zu, wie der Mond groß wird.

Am nächsten Tag ziehen wir uns stadttauglich an, ich nehme mit den Jungs den Bus, der vom Hotel aus nach rechts fährt. In Port Alcudia lassen wir uns ausspucken, laufen an Eiscafés vorbei und Restaurants. Es ist schön hier. Weißer Sand. Palmen. Studenten wollen uns Flyer in die Hand drücken. Abendbrot-Specials. Sehr günstig heute. Wohin wir gehen? Ich weiß es auch nicht. Der Nase nach. Die Läden werden seltener, wir sind aus der Stadt offenbar raus, kommen an einem Kraftwerk vorbei, folgen einem verbeulten rostfarbenen Maschendrahtzaun, der verfallene Gebäude aus massivem Beton ohne Scheiben vor Besuchern schützt.

»Bist du sicher, dass wir hier richtig sind?«, fragt mein kleiner Sohn. »Was wollen wir hier?«

Ich weiß es auch nicht. Ich sehe, wie unsere Schatten laufen. Nach viel Gebüsch und verdorrten Verkehrsinseln erreichen wir eine Villensiedlung. Da ist sie wieder, die Erinnerung. Solche Villen haben wir gemietet in den vergangenen Sommern. Mit Pool in Strandnähe. Wir konnten die Liegen mehrmals täglich wechseln, je nachdem, wo die Sonne stand, oder wir gingen zum Privatstand. Sogar die Autos hatten ihren Schattenplatz. Heute reicht mein Geld nicht einmal für ein Mietauto.

Wir schlendern durch die Gegend, als wären wir Mieter, wie früher. Steinstufen führen zum Wasser hinunter. Einzelne Felsen ragen aus dem Meer.

»Wo Felsen sind, ist Schatten. Dort verstecken sich die Fische«, sagte mein Mann einmal. Dann holte er Luft, steckte den Schnorchel zwischen die Lippen und tauchte ab. Ich folgte ihm damals taub, schwamm, wartete unter Wasser auf seine Handzeichen, bis ich endlich die Fische sah, die er immer vor mir entdeckte. Manchmal tauchten wir lachend auf, leerten die vollgelaufenen Taucherbrillen und Schnorchel. Sein Strahlen.

Ich mache Fotos, beschließe, wiederzukommen.

»Wir gehen zurück,« rufe ich den Jungs zu, die sich gerade in einem Gebüsch erleichtern.

Wir kommen an einer Eisbude vorbei und müssen warten. Im Fernsehen läuft, ohne Ton, die Tour de France. Endlich drückt der Verkäufer unsere Kugeln in die Waffeln. Ich mache Fotos von der Bucht, von den Jungs, mit Eis, ohne Eis. Und wer fotografiert mich?

Es gibt ein Foto von mir mit den Jungs an einer Felsklippe, 2010 muss das gewesen sein, nicht weit von hier. An dem Tag, als das Foto entstand, hatte ich eine Gruppe Männer beobachtet, wie sie immer wieder an einer bestimmten Stelle von einem Felsen ins Meer sprangen. Als sie am Abend verschwunden waren, stand ich auf, ging an den Rand der Klippe und dachte: Nicht mehr denken, springen! Ich sprang. Ich hörte mich schreien. Als ich wieder auftauchte, schauten meine Söhne von oben zu mir hinunter. Ich schwamm auf und ab mit dem Meeresspiegel, war ihnen mal näher, mal ferner. Ich erreichte die Stelle, an der die Männer immer aus dem Wasser kletterten, lief über den Felsen zurück zu meinem Handtuch.

»Coole Mutter,« sagte mein großer Sohn damals. Ich sprang gleich noch einmal. Meine Söhne folgten, mein Mann kniff. Er machte das Foto.

Wir haben Halbpension im Hotel. Es gibt lange Buffetreihen mit Fisch, Fleisch, Salaten, Oliven. Meine Söhne entdecken Kuchen und die Eistruhe, die nicht abgeschlossen ist. Wir setzen uns an einen langen Tisch am Fenster unter der Klimaanlage. Auf dem Metallschild steht 170. Später drängeln beide. Ich sehe meine Söhne mit Gleichaltrigen zwischen den Bungalows verschwinden. Schön, dass sie Anschluss haben. Und so schnell.

Und für mich? Der Fernseher.

Auch am nächsten Morgen sind meine Söhne schnell aus dem Bett. Sie wollen mit den Jungs vom Animationsteam Fußball spielen. Jetzt nach dem Frühstück, danach Wasserball. Bitte lass uns dableiben. Kein Ausflug heute.

Die Sonne steht senkrecht und heizt die Steinplatten in der windgeschützten Hotelanlage weiter auf. Ich sehe uns mit den Freunden am Strand sitzen, ein Kreuzworträtsel lösen. Was sie jetzt wohl tun in Südfrankreich? Am Haus eigenen Pool liegen, mit dem Schatten wandern, tratschen? Worüber? Über unsere Trennung sicher auch. War ich nur Anhängsel? Und mein Mann? Wurden wir von unseren Freunden nur mitgenommen, weil er Arzt war? Von ihnen wurde immer einer krank. Ich hatte meinem Mann ein T-Shirt gekauft: Arzt im

Urlaub. Unsere Freunde fanden es witzig. Verstanden haben sie die Botschaft nicht. Wer hilft mir, wenn hier einer von uns krank wird?

Das mit den Erinnerungen muss aufhören! Ich könnte Wassergymnastik machen, im Kreis mit anderen Frauen durch den Pool hüpfen. Mein großer Sohn wirft einen Blick vom Wasserballtor zu mir herüber und fleht stumm:

»Bitte nicht. Das ist peinlich.«

Ich gehe wieder zum Strand. Das grüne Wasser ist so schön, so weich. Mein Sohn steht mit einer orange farbenen Luftmatratze vor mir, eine Familie, die heute abreist, hat sie ihm geschenkt. Ich versuche, zwischen zwei Wellen auf die Matratze zu klettern und werde abgeworfen. Meeresrodeo. Immer wieder fliegen meine Beine in die Luft. Ich fühle mich unbekümmert, kämpfe mit dem Kunststoff, lache, verliere immer wieder den Halt. Am Abend habe ich Sonnenbrand auf dem Rücken, dort, wo ich selbst mit meinen Händen nicht hinkomme.

Am dritten Tag gehe ich zur Bushaltestelle, will mir die Abfahrtszeiten der Überlandbusse notieren, verstehe aber den Fahrplan nicht. Ich sehe mich um. Vielleicht kann mir jemand das System erklären?

Auf der gegenüberliegenden Straßenseite sitzen drei afrikanische Frauen auf der Bordsteinkante, lachend und schwatzend. Ich kenne sie vom Strand, den sie in Flip Flops abwandern: Cola, Fanta, Sprite? Sonnenbrillen? Massagen? Ein Lieferwagen ohne Fenster hält. Der Fahrer holt eine Schubkarre aus dem Wageninnern, wirft den Frauen Melonen und ein großes Messer zu. Sie knobeln, wer die Karre heute durch den Sand schieben muss. Dann lachen sie wieder und ziehen plaudernd los.

Für die Busfahrt nach Palma ist es zu spät. Ich ziehe Turnschuhe an. Mein erster Lauf seit letztem Sommer. Ich trabe los, wechsele die Straßenseite, dorthin, wo Oleanderhecken Schatten werfen. Horche in mich hinein. Bis Palma werden meine Füße mich nicht tragen, aber doch ein Stück. Ich rechne jeden Moment damit, außer Atem zu sein, bin es nicht, ich laufe und laufe, erst an der Brücke nach Alcudia kehre ich um. Lieber noch Wassergymnastik. Ich hüpfe und renne, wedele mit den Armen. Meine Söhne spielen Volleyball, sie sehen mich nicht. Ich bin nicht peinlich, beschließe ich, und schwimme meine Runden zwischen Luftmatratzen und fliegenden Wasserbällen. Mittags esse ich mit den Jungs im Hotelzimmer, Pfirsiche aus dem Kühlschrank, Croissants mit Butter.

Abends geben die Animateure ihr Bestes. Sie tanzen, rennen, mimen und betteln um Applaus. Hits schallen von allen Seiten der Hotelanlage, verfangen sich zwischen den einzelnen Bungalows. Auf der schwarzen Stoffbühne zwischen Mini- und Erwachsenenpool bewegen sich die Animateure, reißen die Münder auf und versuchen stumm, Töne zu halten. Playback. Ich könnte mich an einen der Tische setzen, sie beim

Luftgitarrespielen beobachten. Aber dann müsste ich alle vier Minuten einen Kellner abwimmeln, der Sangria verkaufen soll. Ich freue mich auf die Stille zu Hause, das nächtlich Feld mit dem Weizen.

Am nächsten Morgen ist der Himmel blassblauer als sonst. Wir warten an der Haltestelle auf den Bus nach Palma. Mir ist bang. Wie lange werden wir fahren? Werden wir sitzen? Werden wir zurück kommen? Der Bus sammelt uns vom Nordufer der Insel ein, dann fährt er durch. Es ist kühl. Alle Bedenken waren unnötig. Die Fahrt ist einfach, so einfach, wie jede Busfahrt einfach ist und endet mitten in der Altstadt. Die Jungs wollen shoppen, T-Shirts wären gut. Bei dieser Hitze schlurfen viele Touristen herum, niemand hat es eilig. Vor der Kathedrale posiert eine Hochzeitsgesellschaft. Hat er mir überhaupt einen Antrag gemacht? Wann?

Während der Rückfahrt schaue ich auf die verdorrten Felder, die rechts der Autobahn an uns vorbei rasen, verdrehe den Hals, weil ich nicht möchte, dass meine Söhne sehen, wie Tränen aus meinen Augen laufen. Ich will nicht im Namen des Volkes vor einem Scheidungsrichter stehen müssen. Werden die Trauzeugen auch vorgeladen? Kann man sich auf so einen Tag vorbereiten? Ich weine und schlafe ein.

Irgendwann, der Urlaub ist zur Hälfte herum, erwische ich mich dabei, die Lieder der Animateure zu pfeifen. Ich gehe an die Minibar. Bier hilft immer, Martini noch mehr. Gerade, als ich im Kopf etwas lustig werde und die Fertigmischung Campari aufschrauben will, klingelt mein Handy. Ein anderes befreundetes Paar ruft an:

»In Berlin schüttet es. Wir brauchen mal Sonne.«

Als ich die beiden im Nachbarort treffe, gebe ich all meine gesammelten Tipps weiter, wie eine Weltreisende: Lege nie dein Handtuch in den Weg der Strandhändler, Abendbrot im Hotel immer 18 Uhr, weil einem so der Krach der Massengaststätte erspart bleibt. Nur, wie man eine Liege am Pool bekommt, konnte ich bisher nicht herausfinden. Wir essen mallorquinisches Brot mit Malon-Käse und getrocknetem Schinken. Sie haben mir zugehört, obwohl sie alles schon wissen. Dann fragen sie, wie es mir geht. Das irritiert mich.

Wir schlendern an diesem Tag noch lange durch die schattigen Gassen des Ortes, zeigen uns Schaufenster und kaufen Postkarten. Erst am Abend bestellen sie ein Taxi, eilen zur nächsten Verabredung. Nicht bevor wir uns verabredet haben, in vier Wochen zum Radfahren. Dann sind sie weg und ich warte auf die altbekannte Traurigkeit. Aber sie steigt nicht auf. Auch nicht am nächsten Tag. Es geht mir gut. Als hätten die beiden in mir einen Schalter umgelegt.

Der kleine, schattige Zimmerbalkon wird mein Urlaubszuhause. Ich lese, rätsele mich durch Kombinationsaufgaben und sehe mit den Jungs fern. Das Zimmer verlasse ich nur, um Sport zu treiben oder Essen zu gehen, und plötzlich ist das Urlaubsende da.

Um kurz nach vier in der Früh stehen wir in der Hotellobby, von wo aus ein Bus uns zum Flughafen fahren wird. Wir sind zu früh da. Ich frage mich: Was bleibt? Vielleicht eine Erfahrung: Ich kann alleine Urlaub machen. Der Busfahrer kommt, nimmt unsere Taschen. Ich entschuldige mich, bitte um drei Warteminuten. Er sieht müde aus.

»Ich habe noch was vergessen«, sage ich zu meinen Söhnen und renne los, durch die Lobby, am Restaurant vorbei zum Pool. Ich reiße alle Handtücher, die ich greifen kann, von den Liegen und schmeiße sie unter die Dusche. Ein Berg aus Blau, Orange und Rot. Dann drücke ich den Knopf und sehe zu, wie das Wasser fällt. Pfeifend gehe ich zurück zum Bus, das Lied der Animateure im Ohr. Auch das wird bleiben.

Wie immer

AM S-BAHNHOF SPRINGPFUHL fragt mich ein Mann, wo das Polizeirevier sei. Ich schaue mich um. Seit 1988 hat sich hier viel verändert. Es ist dunkel. Ich kann ihm nicht weiterhelfen. Beide überqueren wir die breite Kreuzung, dann trennen sich unsere Wege. Vor vierundzwanzig Jahren war ich oft diesen Zick-Zack-Weg durch die Kleingartenanlage mit den Einfamilienhäusern zum Neubaublock einundfünfzig gegangen, zehn Minuten, schätze ich, werde ich gebraucht haben. In dem Elfgeschosser wohnt ein älteres Ehepaar, mit dem ich mich während der Wende angefreundet hatte. Wir haben uns aus den Augen verloren. Unsere Treffen wurden durch Briefe abgelöst, die irgendwann durch Ferngespräche ersetzt wurden, als wir alle Telefone bekamen. Und doch war Funkstille entstanden.

Worüber reden nach so vielen Jahren? Ich hoffe, das Laufen des alten Weges wird meine Erinnerungen bündeln und meine Vorfreude. Ich irre. Nichts stimmt mehr. In der Kleingartenanlage sind Einfamilienhäuser gewachsen, und die Neubauten scheinen ein paar hundert Meter gewandert zu sein. Ich laufe und laufe und muss am Ende doch nach dem Weg fragen.

Dann aber ist alles wie immer. Ich klingele, der Hund bellt, die Wohnungstür geht auf. Ute nimmt mich sofort in den Arm. Ob ich baden wolle? Wie vor vierundzwanzig Jahren. Auf Socken gehe ich durch die Wohnung, erkenne Bücherschränke wieder und die Schwerter, die sie sich aus Asien mitgebracht haben. Der Hund ist neu, die Katze und die Couch sind es sicherlich auch. Christian sitzt vor dem Fernseher, verfolgt die Nachrichten, steht nicht einmal auf zur Begrüßung. Auch das wie immer. Ute raucht nach wie vor, bietet mir eine Zigarette an.

»Aufgehört? Wann?«

»September 1988.«

Wir reden über unsere Kinder, unser Arbeitsleben, wer wann wo scheiterte, oder was in unserem Leben gelungen war, wie lange in welchem Betrieb. Ute fragt, Christian hört zu. Das geht so bis kurz vor zehn. Plötzlich steht Christian auf, schaltet den Fernseher ab und meint:

»Sag mir doch mal, wie das jetzt wirklich ist bei dir mit der Trennung!«

»Sei doch nicht immer so direkt!«, geht seine Frau dazwischen. Ich winke ab und sage das, was ich im Moment sogar Leuten erzähle, die ich kaum kenne, aber die mich wenigstens danach fragen.

Das Leben sortiert sich, alte Freunde sind weg, neue Türen gehen auf, andere Mütter haben auch tolle Söhne, wird schon werden. Christian sieht mich an, schweigt. Ute holt mir ein Bier aus dem Kühlschrank.

»Bleibst du? Kannst hinten im Kinderzimmer schlafen.«

Ich nicke. Wie früher. Er geht sich anziehen, kommt zurück. Weißes Hemd, Anzug, Schlips.

»Ich muss zur Nachtschicht. Wir reden morgen. Wie lange bist du früh da?«

»Musst du nicht schlafen? Tagsüber?«

Er winkt ab.

Gegen neun setzt er sich im Bademantel an unseren Frühstückstisch. Er sieht müde aus, isst nichts, stellt nur Fragen. Präzise. Spricht alle wunden Punkte der letzten fünfzehn Monate an: die Freunde, den Unterhalt, fragt, wer mir hilft mit den zwei Kindern. Wenn ich mit den Tränen ringe, hält er inne. Das geht so lange, bis wir alles einmal durchgesprochen haben. Wir sitzen am Tisch, wie Eltern mit ihren Kindern am Tisch sitzen, die in Schwierigkeiten geraten sind. Bis zum Mittag. Ich muss los, zurück in eine andere Stadt.

»Melde dich!«, sagen beide.

Im hellen Mittagslicht irre ich zurück zum Bahnhof. Zwei Hochhäuser fehlen, dafür stehen mehr Einfamilienhäuser in der Gartensparte. Kein Wunder, dass ich mich gestern hier verlaufen habe. Das Gehen beruhigt mich.

Im Zug weine ich dann doch. Nicht wegen der Trennung. Ich weiß, ich habe mein Leben mit den falschen Menschen verbracht, mit Frohfreunden, die sich jetzt rar machen. Ute und Christian fehlen mir plötzlich. Nachträglich.

Goldene Mitte

DIE SONNE BLENDET. Ich sitze im Wohnzimmer auf der Couch, rühre im Kaffee, hoffe, dass er mir die Kopfschmerzen nimmt. War ich wirklich gerade noch in Berlin gewesen? Mit ihm? Und den anderen?

Ich erinnere mich an die vielen weißen Nadeln, die mir auf der Autobahn entgegen flogen, auf der Frontscheibe landeten und dann tauten. Und doch wirkte es, als pikten sie in meine Augen. Das machte mich müde, als wollten sie verhindern, dass wir weiterfahren. Zweihundertfünfzig Kilometer jagten wir gestern von Leipzig nach Berlin, weg vom Alltag ins Besondere, heimlich, zu zweit, weil niemand verstehen würde, was uns verbindet. Seine Frau würde auf falsche Gedanken kommen und meine Söhne auch. Vor allem unsere gemeinsamen Kollegen.

Ein Jahr geht das nun schon so. Ich treffe mich mit ihm alle zwei Monate auf einem Industrieparkplatz im Norden der Stadt, immer am Tor eins. Oft ist er schon da. Ich steige aus, wir umarmen uns, dann steige ich in seinen Wagen. Immer bestimmt er, wo es hingehen wird. Wir schweigen lange, weil wir nie sofort unsere gemeinsame Sprache finden, obwohl wir uns täglich im Büro sehen. Im Sommer besuchen wir Seen oder segeln mit seinem Boot. Im Winter Theater. Manchmal muss er noch telefonieren. Tagsüber mehr, abends weniger. Immer entschuldigt er sich dafür. Denn das ist unsere stille Stunde, obwohl wir uns das nie so gesagt haben.

Zehn vor acht waren wir gestern im Zentrum der Hauptstadt gewesen, haben nach einem Parkplatz gesucht. Mit heftigen Bewegungen führte er seinen Wagen in die kleine Parklücke. Wir eilten um das Theatergebäude herum, holten unsere Karten und saßen pünktlich im Berliner Ensemble zwischen lauter grauhaarigen Menschen, die gelassen den Beginn der Vorstellung erwarteten. Lessing. Miss Sara Sampson. Kein Vorhang, der sich hob, die Schauspieler standen plötzlich auf der Bühne und fingen an, ihre Texte zu gestalten. Alle lauschten, nur ich nicht. Ich war noch unterwegs im Kopf, dachte an mein altes Leben und kann mich auch jetzt nicht erinnern, mit meinem Mann jemals in einem Theater gewesen zu sein.

Der Kaffee mildert meine Kopfschmerzen nicht. Um Schlafen zu gehen, ist es zu spät. Ich stelle meinen Kindern Frühstück hin, koche ihnen Tee. Mir geht auch das Stück nicht aus dem Kopf. Dieses Geschrei. Auf der Bühne hatte eine Frau versucht, ihren Mann zurückzuerobern. Mit allen Mitteln. Fast zwei Stunden lang. Ihre Versuche fand ich peinlich.

Das Handy meines Kollegen vibrierte während einer der wenigen stillen Szenen. Auf dem Display lächelte das Bild seiner Frau. Sie fragte, stumm geschaltet, wo er sei.

Vielleicht hätt' ich meinen Mann nicht rausschmeißen, sondern Angebote machen, die Trennung von der Geliebten, das Zurückkommen meines Mannes einfordern sollen? Vehement. Wie die Dame auf der Bühne. Die Schauspielerin wimmerte, bettelte, flehte. Am Ende gab es nur Verlierer.

Nach dem Stück hatte er sich entschuldigt:

»Das war jetzt wohl doch nicht so das richtige Thema für dich. Komm, gehen wir noch was Essen.«

Ich folgte ihm, genoss, nicht sagen zu müssen, was wir wo tun. Einfach nur mitlaufen.

Die Kneipe, die er wählte, war groß und laut, vor allem aber voll. Weiches Licht. Wir drängelten uns durch die am Tresen Stehenden zu den Tischen. An den Wänden hingen Fotos von Politikern und anderen Prominenten. Eine Kellnerin platzierte uns. Es gab Kölsch für mich, alkoholfreies Bier für ihn. Wir grüßten das Ehepaar, das doppelt so alt war wie wir und uns wird bewusst, dass wir eben das gleiche Stücke verfolgt haben. Wie immer ist mein Kollege freundlich und fragte, ob ihnen der Lessing heute zugesagt habe? Die drei sezierten Darstellung und Artikulation.

»Aber es kam bei mir nichts an. Keine Gefühle«, sagt der unbekannte Mann, der Mitte siebzig oder vielleicht sogar achtzig war, aber mit jungen Augen meinen Blick suchte.

»Und Sie? Wie fanden Sie das Stück?«

Die drei schauten mich an.

»Ich kämpfe mit dem Inhalt«, sagte ich. Meine Nachbarin

verstand sofort. Es ist dieser Blick unter Frauen. Sie griff nach der Hand ihres Mannes:

»Wir sind jetzt dreißig Jahre zusammen, haben drei Söhne, leider nicht gemeinsam.«

Ich stehe auf und ziehe den Vorhang vor die Sonne, setze mich wieder auf die Couch und schließe die Augen. Es ist, als säße sie noch neben mir und ich höre, wie mein Kollege sagt:

»Auf das Leben!«

Wie stießen an. Die fremde Frau umfasste meinen Unterarm und ließ ihn erst nach einem kurzen Moment wieder los.

»Mein erster Mann hat mir verziehen.«

»Meine erste Frau mir nicht«, sagte ihr Begleiter. Eben hatte er noch mit fester Stimme gesprochen, jetzt flüsterte er:

»Gott ist tot.«

Dann ging ein Ruck durch seinen Oberkörper, er richtete sich auf und hob das Glas:

»Man darf nicht wegen des Schmerzes das Gute verpassen!«

Mein Kollege hatte erwidert:

»Man muss loslassen können«, zu den Fremden und dann mich angeschaut. Unsere Gläser berührten sich.

»Kann man Loslassen lernen?«, fragte ich.

Ich wartete auf eine Antwort. Aber in dem Moment schwiegen alle. Dann fragten wir einander, woher wir kamen. Celle. Leipzig. Sie staunten und der ältere Herr bemerkte anerkennend:

»Man muss in Bewegung bleiben! *Die Glücklichen sind neugierig.* Nietzsche. Müssen Sie heute noch zurück?«

Wir schauten auf die Uhr. Kurz vor Mitternacht. Sie hatten ein Hotelzimmer. Wir wollten noch fahren.

Ich koche mir einen zweiten Kaffee. Wo sie jetzt wohl sind? Zitate gehen mir durch den Kopf. Sprüche. Den ganzen Abend hatte der alte Mann in Aphorismen gesprochen und sich gefreut, weil mein Kollege parlieren konnte. Endlich gebildete Menschen! Und so jung. Ihre Freude mit uns an einem Tisch zu sitzen.

»Ich glaube an Schicksal«, hatte mein Kollege gesagt, »Das Stück hat uns zusammen geführt. Das hat einen Sinn.«

Der Blick des alten Mannes erhellte sich:

»*Jede Bewegung hat ein Ziel.* Aristoteles.«

Wir nickten und stießen an, tranken. Eine Weile ging das so.

Die Kellnerin brachte Kölsch und Alkoholfreies. Die Männer tauschten Zitate. Wieder hatte mich die Frau aus Celle berührt, sanft.

»Haben Sie Kinder?«

»Söhne. Zwei!«

Ich musste es rufen, weil am Nachbartisch ein Geburtstagslied gesungen wurde. Auch mein Kollege schwärmte von seinen Jungs. Die Frau staunte.

»Nicht eure?«

»Seine sind acht und vierzehn Jahre alt«, rief ich.

Nun war die Verwirrung komplett. Wir klärten sie auf. Sie drehte sich von mir weg, ergriff die Hand ihres Mannes: »Siehst du, sie haben auch keine gemeinsamen Kinder.«

Jetzt am Morgen erinnere ich mich an meine Freude, zwei Menschen zu erleben, die sich nach ihrer ersten Ehe gefunden haben. Aber hatte ich ihnen zugehört? Keine gemeinsamen Kinder … Ihr Unglück im Glück. Das hieß ja auch für mich, würde ich mich noch einmal verlieben, wäre das mein Schicksal.

Wir kamen vom Thema ab. Das ältere Paar glaubte, dass mein Kollege und ich ein Paar wären. Wir klärten sie noch einmal auf:

»Kollegen! Wirklich nur Kollegen.«

»*Das ist ein weites Feld*. Fontane«, hatte der Mann meiner Nachbarin gesagt. Das Paar aus Celle wechselte Blicke und dann schaute die Frau mich an. Sie schaut mir lange in die Augen. Mein Begleiter war aufgestanden:

»Sie entschuldigen mich?«

Er hatte sich durch die Gäste zu den hinteren Räumen für Männer und Frauen gedrängelt. Nun beugte der Mann sich vor, griff meine Hand, zieht meinen Blick von seiner Frau auf sich:

»Wir sind schon Ende Siebzig. Und ich sage Ihnen: Sie müssen ihre Gefühle leben! *Es gibt kein richtiges Leben im Falschen*. Adorno.«

Es klang wie ein Auftrag. Ich dachte an mein altes Leben

und nickte. Er winkte die Kellnerin heran und bestellt eine neue Runde.

Gegen halb drei Uhr gehörten wir zu den letzten Gästen. Aber wir schoben den Abschied vor uns her. Das Paar aus Celle hatte kein Internet. Aus Prinzip nicht. Sie wollten nicht mit den Kindern skypen. Es ist ihr Wunsch, alle ohne technische Hilfe sehen, erleben zu könne, so ihre Neugierde zu erhalten und auch Leute wie uns zu treffen. Ohne Internet! »*Das Leben ist wie ein Fahrrad – man muss in Bewegung bleiben, um die Balance zu halten.* Albert Einstein.«

Jetzt mahnte die Kellnerin. Letzte Runde. Die Frau rückte noch einmal an mich heran, suchte mein Ohr und flüsterte: »In jedem Untergang liegt auch eine ungeheure Chance! Und Sie sind in der goldenen Mitte.«

Ich nickte. Wir stießen mit den frischen Gläsern an, tranken aus, zahlten, knöpften uns die Wintermäntel zu und standen unentschlossen vor der Kneipe.

Ihr letzter Satz hatte nicht an Kraft verloren. Auch jetzt nicht, obwohl ich allein auf meiner Couch saß. Ich trug ihn in mir. Er wärmte wie frischer Kuchen, der gerade aus dem Ofen kam und sich in mir ausbreitete.

Leider waren wir vier vorhin zu müde gewesen, um noch einen anderen Ort aufzusuchen oder wenigstens die Adressen zu tauschen. Ich sehe, wie wir zögerten, uns umarmten. Stumm. Länger als üblich. Ohne Worte. Dann gingen sie zum

Bahnhof Friedrichstraße und wir zum Wagen, der auf dem Parkplatz allein vor dem Theater stand. Im Auto hatten wir geschwiegen, bis die Stadt hinter uns lag mit ihrer Helligkeit und die Dunkelheit uns wieder umhüllte. Nur die Trennstriche der Fahrbahn und der fallende Schnee rasten auf uns zu.

»Ich musste mal ins Krankenhaus«, hatte mein Kollege gesagt. »Für zwei Monate. Eine Operation. Es war klar, ich komme da nicht so schnell wieder raus. Also habe ich im Monat davor alles gemacht. Rund um die Uhr: Frauen angesprochen, ins Theater gelockt, Kino, Museen, Sport. Ich bin gerannt. Immer wieder. Jeden Tag. Ich habe gelesen, auf Friedhöfen Gräber besucht. Meyer, Brockhaus, Nietzsche. Das Ungetane bereut man.«

Dann schwieg er.

Ich wußte, ich muss nicht fragen, er wird weiter erzählen. Ein blaues Schild nahte, flog vorbei: noch fünfundneunzig Kilometer bis Leipzig. Er fuhr zweihundertzwanzig.

»Aber am Tag, als ich in die Anmeldung kam, da war das alles nichts mehr wert. Die ganze Vergangenheit nichts mehr wert. Weg. Umsonst. Es gibt nur jetzt und die Zukunft«, sagte er. »Du hast es gut, du bist frei.«

Ich spürte, wie er das Lenkrad fester umklammerte und noch ein bisschen mehr Gas gab.

»Das stimmt nicht. Nicht so«, widersprach ich. »Ich kann den Tag nicht genießen, weil ich immer alles mit gestern vergleiche. Es ist die Vergangenheit, die uns prägt, die uns sagt, was ist heute was wert.«

»Man muss loslassen können. Radikal. Sich von allem trennen«, sagte er mit fester Stimme und es klang wie ein Entschluss. »*Man darf nicht wegen des Schmerzes das Gute verpassen!*«, zitierte er den alten Mann. »Und das gilt auch für dich!«

Mehr sagten wir in dieser Nacht nicht. Auch nicht auf dem Parkplatz, als ich wieder in mein Auto stieg.

Das war nun wenige Stunden her. Ich weckte meine Söhne, wir frühstückten und ich sah zu, wie sie das Haus verließen, um zum Bus zu rennen. An Schlaf war nicht zu denken. Ich hatte zum ersten Mal seit der Trennung Lust, den Tag zu erleben, mich überraschen zu lassen. Ich wollte nicht länger wegen des Schmerzes das Gute verpassen. Schließlich war ich jetzt in der Goldenen Mitte.

Männergeschichten

Am Abend rief ich meine Freundin in Hohen Neuendorf bei Berlin an. Wir überlegten, wie es wäre, eine Annonce aufzugeben. Sie würde sie formulieren. Für mich. Ich könnte sie dann einfach an das Magazin mailen. Die Fakten kannte sie ja: Alter, Kinder, Lieblingsgroßstädte.

»Wen willst du?«, fragte sie.

Ich wusste nur, wen ich nicht wollte: BMW-Fahrer, Ärzte, Hausbesitzer und andere Angeber. Ich dachte, man muss in solchen Dingen ehrlich sein. Mein ganzes Leben sollte in die Kleinanzeige: Fünfzehn Jahre Ehe, die Liebe zum Wasser, zu den Bergen, zum Lagerfeuer, dass ich ungern am Herd stand. Eben alles!

So viele Seiten hat das Magazin nicht!

Zwei Tage später schickte meine Freundin die Kurzfassung. Mein Leben bestand aus 517 Buchstaben plus Leerzeichen. Ich schickte ihren Text an die Redaktion.

Am nächsten Morgen plagten mich Zweifel. Hätte ich mich doch jünger gemacht oder älter oder wenigstens das mit den Kindern oder Berlin weggelassen. Tagsüber wanderte mein Blick über Männergesichter, tastend, ob der eine oder der andere auch auf der Suche sein könnte. »Keine Schulfreunde« hätte ich noch reinschreiben müssen. Zu spät.

Ich schlief schlecht in den ersten zwei Nächten. Dann vergaß ich die Annonce ganz.

Was, wenn die Anzeige nicht erschiene? Was, wenn niemand antwortete? Und was sollte ich tun, wenn jemand antwortete?

In der Nacht vom April zum Mai war mein Mailspeicher voll. Es meldeten sich drei Gruppen von Männern. Empörte BMW-Fahrer, Männer, die auf der Jagd waren, und die Jungs von der Resterampe.

»Wem soll ich denn schreiben?«, fragte ich meine Freundin, die kurz und knapp zurückmailte: »Allen!«

Ich antwortete allen. Ja, es gibt auch nette BMW-Fahrer. Nein, an einem Treffen auf der Autobahnbrücke zwischen Halle und Leipzig habe ich kein Interesse. Ich schickte Grüße an die Männer-WG in Steglitz, die anboten mich nach einem italienischen Verwöhnmenü vierhändig zu massieren, und ich sagte dem Mantra-Mann in Berlin ab, der eine zeitlich begrenzte, monogame Beziehung ohne die Zwänge des Alltags anstrebte. Ich befreite meinen Posteingangsspeicher von den Lästigen.

In den verbleibenden Tagen lernte ich schriftlich ziemlich viele Männer kennen. Fotografen, Tangotänzer, Sänger, alle mit Hochschulabschluss, alle schickten Fotos, die ich so schnell gar nicht hatte sehen wollen. Kurz: Ich war dem Magazin sehr dankbar. Ich bemailte jeden, doch Mann für Mann wurde mir klarer, das wird nichts mit denen. Zu traurig, zu nett, zu alt. Nur einer blieb übrig auf der Restrampe des Lebens: Knut aus Berlin, Galerist.

»Ich habe doch gar keine Zeit für so etwas«, dachte ich.

Knut hatte geschrieben, er liebe das französische Leben, die Küche. Er beschrieb mir jeden Morgen wie meine Heimatstadt Berlin erwachte, die wechselnden Blütenfarben, den Vogelgesang im Prenzlauer Berg und das Croissant, das er gerade aß. Stets beteuerte er, wie sehr er sich wünsche, mir Südfrankreich oder wenigstens Paris zu zeigen. Ich hatte ihm das Erwachen meiner Katze in allen Details beschrieben, bis – ja, bis ich um eine Verabredung nicht mehr herumkam.

»Soll ich oder soll ich nicht?«, fragte ich meine Freundin.

Und sie meinte:

»Red dir keinen Mann aus, den du nicht hast.«

Klopfenden Herzens lief ich durch Berlin, aufgeregt wie ein Teenager. Ich horchte in mich hinein: Ich kann gar nicht verliebt sein, ich kenne ihn ja nicht. Hey, ich geh einfach nur Essen! Im Prenzlauer Berg mit einem fremden Mann. Ich geh ständig mit fremden Menschen irgendwohin, ist ja mein Beruf. Ich tu so, als wäre es ein Arbeitsgespräch. Über meine Katze könnten wir reden.

Er kam zu spät. Ich verwechselte seinen Vornamen. Er sagte:

»Knut, nicht Matthias.«

Ich schlug vor, den Tisch zu wechseln, dann könnten wir

den Abend noch mal von vorn beginnen. Wir wechselten den Tisch.

In den Mails hatte er sich als Galerist beschrieben, der aber von Aufträgen als Objekteinrichter lebt. Ich kannte nur Innenarchitekten oder Ausstatter. Was macht ein Objekteinrichter? Er rutschte wie ein Schuljunge auf seinem Stuhl hin und her und schob mir die Karte zu, ich solle mir etwas aussuchen. Ich zeigte auf etwas auf Seite zwei, mittlerer Preis.

»Bitte ohne Nüsse.«

»Ohne Nüsse?«

»Ich vertrage keine Nüsse!«

»Was passiert dann? Allergie? Schock?«

Ich winkte ab. Ich war froh, dass die Stimmung halbwegs wieder da war und wollte jetzt nicht an meinen letzten allergischen Anfall denken. Die Kellnerin kam. Er versuchte auf französisch, Salat ohne Nüsse zu bestellen, aber die Frau mit dem französischen Akzent verstand ihn nicht. Eben noch hatte Knut so schön gelächelt, jetzt wurde er wieder ernst:

»Wir nehmen die 217. Zwei Mal Salat mit Entenbrust.«

Ich nutzte die Rotweinberatung, um zu überlegen, was ich noch fragen könnte. Wir blieben beim Objekteinrichter.

»Davon kann man leben?«

Er drehte sein Weinglas.

»Es gibt Menschen in dieser Stadt, die investieren ihr Geld in Friedhöfe. Sie kaufen Gruften auf, die ich ‚bereinige‘«.

Gruften-Knut, der Name drängte sich mir auf.

»Ich kümmere mich gerade um einen Sarg von 1890.«

Er beschrieb die Entsorgung des über hundertjährigen Inhaltes, was ziemlich illegal zu sein schien und erzählte, dass seine jetzigen Auftraggeber, fünf schwule Männer, diese Gruft für sich gekauft hätten.

»Die sind so verliebt in sich, die wollen sich später immer noch in den Armen nehmen. Grufftitreffen sozusagen.«

Knut lachte. Seine Zähne standen auseinander.

Mein erstes Date nach fünfzehn Ehejahren, und wir redeten über Beerdigungen. Der Objekteinrichter, schon angeheitert, redete weiter: Zurzeit fahre er mit dem Holzding von 1890 durch die Gegend und hole Angebote ein. Wahrscheinlich wird ein Tischler in Mecklenburg die Sanierung übernehmen oder einer aus Polen. Irgendwann merkte er, dass ich mich mehr für meinen Salat als für seinen Sarg interessierte. Ich sammelte die Splitter der Walnüsse von den grünen Blättern.

»Und privat?«

Am Nachbartisch drehte sich ein junges Mädchen um.

Sein Gesicht veränderte sich. Wir erzählten von unseren Trennungen, er von all den anderen Frauen danach.

»Alle drei Jahre«, sagte er. »Es ist wie ein Fluch. Immer wenn ich denke, das passt ...«

Ich sah, das Trennen hatte sich in sein Gesicht gefressen. Strichätzung, Kerbe für Kerbe. Plötzlich sah Knut aus wie die Oberfläche einer Walnuss. Eben noch saß da ein junger Mann, jetzt sah ich nur noch Falten und alte Augen, die verzweifelt gegen die gegerbte Mimik kämpften. Sein Blick schaffte es nicht mehr über den Tisch, verfing sich in meinem Salat, in den Nusssplittern, und endete im Rotweinglas. Er erzählte ohne Punkt und Komma von denen, die gegangen waren, während ich auf eine Pause wartete, um mein Gehen anzukündigen. Er ahnte das wohl, mühte sich, keine Pause entstehen zu lassen. Ich stopfte Salat in mich hinein.

»Willst du die Gruft mal sehen?«, hörte ich ihn fragen.

Es ging wieder los, dieses Brodeln in mir, die Hitze, die anschwillt. Jetzt bloß nicht, dachte ich und stürzte durchs Restaurant. Wahrscheinlich hatte ich ein Stück Nuss übersehen. Die Kellnerin schob mich in den schmalen Flur, gleich neben der Küche. Warum sind die Toiletten immer so gut versteckt? Ich riss die Tür auf. Jetzt nur noch atmen, ganz ruhig, bloß nicht zu schnell. Das geht wieder weg, wie immer.

Ich beschloss: Nie wieder ein Date mit einem Mann aus dem Magazin. Aber ich könnte ja zu den Angelfreunden gehen oder einem Verein beitreten. Dem Alpenverein! Holdrio.

DANK AN:

Kerstin Voigt. Sie riet mir im Juli 2010, mit dem Malen aufzuhören und endlich mal das aufzuschreiben, was ich den ganzen langen Tag immer so erzähle.

Nora Northmann, weil sie mir im September 2014 Mut machte, diese Erzählungen in die Öffentlichkeit zu tragen, sich um das Layout und alle nötigen Wege zur Druckerei kümmerte, eben Mädchen für alles war.

Martina Hefter, die als Lektorin mit spitzem Bleistift half, die Geschichten auf den Punkt zu bringen.

Jonas Döring, der aufmerksam Korrektur las, überflüssige Leerzeichen und Buchstabendreher suchte und markierte.

Mein Dank gilt auch den folgenden Paten, ohne die dieser Erzählband nicht gedruckt worden wäre:

Christel Brockmüller, Eva Czapla, Kerstin und Ingmar Grundmann, Petra Hase, Kerstin und Paul Hoffmann, Steffen Keitel, Christin und Thomas Linke, Ina Nießler, Toni Schuck, Kerstin und Hans-Joachim Voigt, Kersten und Stefan Wintel

ANMERKUNG

Die Erzählung »Reibungslose Bereitstellung« ist ein Ausschnitt aus einem bisher unveröffentlichten Text, der Ende der achtziger Jahre in der DDR spielt. Ich hoffe, dass sich für diesen Roman ein Verlag findet. Eines Tages.

MIO MANDEL wurde 1968 in Ostberlin geboren. Sie studierte Journalistik an der Karl-Marx-Universität in Leipzig. Seit 1991 arbeitet sie als Redakteurin für Zeitungen, vor allem als Autorin für den Mitteldeutschen Rundfunk und den Rundfunk Berlin-Brandenburg. Sie hat diverse Dokumentarfilme gedreht, u. a. für Arte und die ARD.

Mio Mandel hat zwei Söhne und lebt in Berlin.

»Protokollstrecke« ist ihre erste Prosa-Veröffentlichung.

Beim BERLINER LITERATURWETTBEWERB erhielt Mio Mandel im April 2015 den ersten Preis in der Kategorie Erzählung. Das Literaturpodium würdigte damit die literarische Leistung der Titelgeschichte dieses Buches.

Zeitfracht Medien GmbH
Ferdinand-Jühlke-Straße 7
99095 Erfurt, Deutschland
produktsicherheit@kolibri360.de